Me ga sametara
Tougoku sareta
Akujo datta.
目
された
悪女
だった
mei satsuki
皐月め
ill. いも
JN075990
TOブックス

s t n e

イラスト／いもいち
デザイン／伸童舎

c o n t

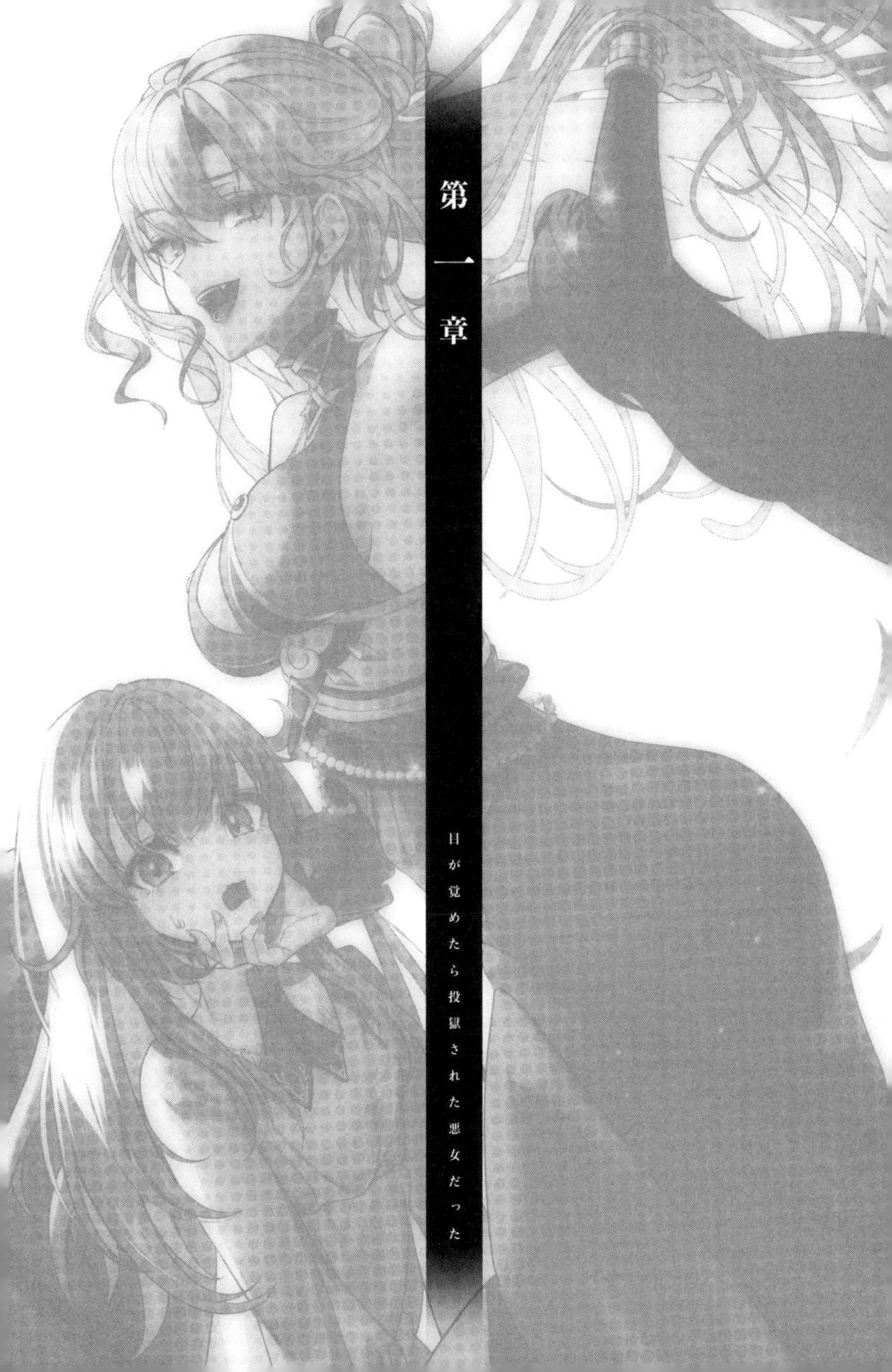

第一章

目が覚めたら投獄された悪女だった

目覚めたら投獄された悪女だった

――なんだか、体がふわふわとする。

妙に快適という、慣れない感覚にぼんやりと目を開けると、見覚えのない天井が広がっていた。

「……？　ここ、どこ……」

さっきまで寒い部屋で、毛布を体に巻き付けて床の上に眠っていたはずなのに、私が目を覚ましたのはとても暖かな、夢のように柔らかいベッドの中だった。

「目が覚めたか」

戸惑っていると、突然低く鋭い声が響いた。人がいることに驚いて声の主を見ると、そこには恐ろしいほど美しい顔立ちをした、騎士さまがいた。

艶々とした黒い髪。二重の切れ長の瞳は鮮やかな碧色《あお》だ。

顰《ひそ》められた眉は凛々しく、鼻筋が通っている。

昔、すり切れるほど読んでもらった絵本に出てくる騎士さまのようだ。抜け出してきたのだろうかと、そう錯覚してしまいそうな美しさに、思わず息を呑む。

だけど……どうやら騎士さまは、『オルコット伯爵家の恥知らず』と呼ばれる私を知っているらしい。

彼が私に向けた眼差しは、なけなしのパンに生えたカビを見るかのような、疎ましいものに対するそれだった。

「あ、あの。これは一体どのような状況でしょうか……？」

少し怖いなあと思いつつも尋ねると、碧の瞳が更に剣呑な色に変わる。「往生際が悪いな」とため息を吐きながら、彼はキッと私を睨《ね》め付けた。

「ヴァイオレット・エルフォード公爵令嬢。君の罪は到底許容されるものではないと、とうとう陛下も君を見限られた。殿下の婚約者に無体を働くなど、馬鹿な真似を」

「ヴァイオレット、エルフォード？　殿下？」

「……知っているだろうが、俺は君のその安い演技に騙されるような人間ではない」

そう言って騎士さまは軽蔑の目を私に向けた。

おそらく人違いをされているのだろうと思うけれど、状況が呑み込めない。

ヴァイオレット・エルフォード公爵令嬢のことは、屋敷から一歩も外に出たことがない私でも知っている。

誰よりも美しく、誰よりも――オルコット伯爵家の恥知らずと噂される私よりも、はるかに性根が腐っていると噂の悪女ではなかったろうか。

「俺は長年君の婚約者の筆頭候補として、君の悪徳をこの目で見続けてきた。……故にけして同情はしないだろうと、王太子殿下より直々に君の監視を命じられた」

「婚約者？　監視？」

悪女ながらも美しいと評判の婚約者と私――引きこもりの醜女《しこめ》と噂される私を間違うなんて、もしかしてとても目がお悪いのではないだろうか、目薬を作って差し上げた方が良いのかしら……と思いつつ、私は慌てて否定をした。

「あ、あの。人違いをなさっています。私はただの引きこもりで、あなたの婚約者では、私は、」

「……君はそこまで最低な人間だったのか」

不快そうに顔をしかめた騎士さまが、深くため息を吐いて私を一瞥する。

「君がいくら魔術に長けていても、この塔は大公自ら魔封じの術をかけられた。逃げ出せると思うな」

そう言い放った騎士さまは、そのまま部屋から出て行ってしまった。鍵がガチャリと閉まる音がする。

「どうしよう……」

とんでもない勘違いをされているみたいだ。何がどうなってこうなったのか、全く見当がつかない。

困り果てて自分の頬に手を伸ばし――、違和感を覚えて手のひらに目を落とした。

労働に触れたこともなさそうな、綺麗な手。爪はいつの間にか長くなり、派手な赤色に染められてきらきら光る宝石で彩られている。

自身の体に目を落とす。

私が身につけているのは、見たこともない真っ赤なドレスだ。異母妹の趣味でもない派手派手しいそのドレス越しに、隠し切れないスタイルの良さが見て取れる。

悲しいことに私の体ではないことは確実で、思わず絶句した。

部屋をきょろきょろと見回すと、作り付けの鏡台が見える。慌てて駆け寄り顔を覗くと、そこには全く知らない美しい女性が映っていた。

淡い金色の髪に、宝石のように美しい紫の瞳。子猫を彷彿とさせるような妖艶な美女は……本当に、私じゃなくて。

「どういうこと……？」

困惑して首を傾げる。もしかして私はまだ夢を見ているのだろうか。

頬をつねろうとすると、長い爪が頬にぐさりと刺さる。痛い。痛いということは、これは、

「夢じゃない……？」

鏡の中の妖艶な美女が途方に暮れたように眉を下げるのを、私はまだ信じられない気持ちで眺めていた。

ソフィア・オルコット

本来の私――ソフィア・オルコットは、普段『オルコット伯爵家の恥知らず』と呼ばれている、らしい。
曖昧なのは、私は十六歳にして未だ社交界デビューも果たしていない引きこもりのため、外で他の令嬢と関わる機会がないからだ。

そのため義母や異母妹のジュリアが「あなたは今こう言われているのよ」と笑いながら私の評判を教えてくれるのだけれど……その噂は、なかなかひどいものだった。

己の醜《みにく》さを恥じて、十六歳を迎えても社交界デビューもせず屋敷に引きこもっている、日々聞くに耐えないひどい罵声を義母や異母妹のジュリアや使用人に浴びせ続けて、オルコット伯爵家の財産を食い潰しかねないほどの浪費を繰り返している。

そして古今東西の毒物について書かれた怪しげな本を読んでは、日々恐ろしい薬作りに精を出しているのだ。

それが私の噂だった。針小棒大《しんしょうぼうだい》とはこのことだとしみじみ思う。

確かに私は可愛らしく華やかなジュリアと違う地味な顔立ちで、美しくはない。紫の髪と瞳も、自分では綺麗な色じゃないかなとは思うものの、ジュリアや義母からは根暗そうと言われてしまう。おそらくは隠しきれない引きこもりオーラが溢れているせいだろう。

だけど私が社交界デビューをしていないのは、容姿のせいではない。義母やジュリアに止められていることと、伯爵令嬢にふさわしいドレスを持っていないからだ。もちろん罵声を浴びせたことなど、一度もない。

ただ、毒の本を集めて怪しい薬づくりに精を出している……というのは、はたから見たらそうかもしれない。

私の住む物置部屋にはたくさんの、薬作りに関わる本がある。薬と毒は表裏一体だ。そのため毒の精製や、解毒についての本もたくさんある。

これは優秀な薬師だったらしいお母さまの、形見なのだ。

そしてその形見の本を見ながら、私は庭や自室で栽培している薬草や、使用人に頼んでこっそり買ってきてもらった材料を使い、日々薬作りに精を出している。

優秀な薬師でも病気には敵わず、私が三歳の時にお母さまは亡くなった。

お葬式が終わってすぐにお腹の大きい義母がやってきて、以来私はひっそりと伯爵邸の隅にある物置部屋で暮らしている。

最初のうちはまだお父さまも私を気に掛ける素振りはあったけれど、ジュリアが生まれてからは私のことを気に掛ける人はいなくなってしまった。

寂しいけれど、仕方がないことだ。何かを恨んだところで自分の境遇は変わらない。

そのうち私に似合いのお金持ちと縁談をまとめると義母が言っていたので、夫となる人がどうか薬作りを許してくれて、毎日食事をくれる人ならいいなあ、と思っていた。

そう。私は、自分の人生に諦めをつけていた何の力もない引きこもりだったのだ。

それが何故か、視線を向けるだけで人を震え上がらせる公爵令嬢に、何故か変わっているなんて。


「——ヴァイオレット。今度は何を企んでいるんだ」

朝の光の下で見るとより麗しい端正な顔が、今日はドン引きといった様子で引き攣《つ》っている。

疲れていたのか寝過ごしてしまった私は、やってきた騎士さまに床で寝ているところを見られてしまっていた。

嫁入り前の娘としては、殿方に眠っている姿を見られるなんて恥ずかしくて、時間が経った今も頬は熱い。

「な、何も！　ただ、寝心地の良い場所で休んでいただけで……！」

「馬鹿を言え。それで何故床で寝転がる。牢のベッドよりも床の方がマシだと嫌みを言いたいのか？」

騎士さまが、キッと私を睨みつける。不審者を見るような眼差しに、私は慌てて弁明をした。

「い、いえ！　ベッドは大変ふかふかで体としてはすこぶる快適でした！　ただ……精神面で落ち着かず……」

オルコット伯爵家の物置部屋にも、さすがにベッドは用意されていた。しかし人が眠るにしてはじめじめしすぎていたし、乗った瞬間壊れそうなありさまだったので床に寝るしかなかったのだ。

なのでオルコット伯爵家の私室のベッドの上は、今や試薬や水耕栽培中の薬草を置くスペースと化している。

だからここのふかふかで暖かなベッドは――多分この体はそちらの方に慣れているのだろうけれど、快適すぎて逆に怖い。

ただでさえ違う人になってしまったという不思議な事態に陥っているのだから、心の安寧のために少しでも慣れ親しんだ環境に近づけようと思ったのだ。

「あっ、ご安心くださいませ！　もちろん、綺麗な雑巾を使って、念入りに丁寧に拭き掃除をしております！　それから使い古しの毛布も頂いたので、恐れながら下にしいて……」

「その奇行に使用人が怯えている。今すぐにやめろ」

「怯え……」

騎士さまの苦情を聞いて、私は眉を下げた。

「あの……私が何をしても、使用人が怯えてしまうのですが……どうしたら怯えられずにすむのか……」

そう言う私に心底気味の悪そうな目を送りながら、騎士さまは「無理だ」ときっぱりと言った。

うなだれて、昨日の使用人たちの様子を思い出す。


昨日騎士さまが立ち去った後、何人かの侍女が訪れてくれた。

だけど、食事を持ってきてくれた侍女は終始ガタガタと震えてスープをこぼしそうになっていたし、床を掃除したいから雑巾を持ってきてくれと頼んだ侍女は、頼んだ瞬間に流れるような土下座を決め、捨てる直前の布や毛布がないかと聞いた侍女は、死を覚悟したような青ざめた表情で涙ぐみながら「脱走はできません」と首を振った。

そしてその時初めて、地面が見えないほど高い塔――重罪を犯した貴人が投獄される、幽閉の塔に収容されていることを知ったのだ。

「何を企んでいるのかは知らないが……これ以上罪のない使用人をわけのわからぬ恐怖に陥らせるわけにはいかない。これから俺が食事を運ぶ。使用人との接点は持てないと思え」

そう言って騎士さまが、手に持っていた食事をテーブルの上に置いた。

ふわふわのパンに、たくさんの野菜が煮込まれたスープに、こんがりと焼かれたお肉。

昨日頂いたメニューと変わりないご馳走が、目の前に広がっている！

思わずぱあっと目を輝かせて、我に返った。これはきっと何かの間違いだ。

「あの、騎士さま。ま、まさかこれが私の食事というわけが……あったりしますか……？」

「君の分だ。君にとっては、食事と呼べるものではないのかもしれないが」

「た、確かに食事というか……これは大変なご馳走です……！」

私の言葉に、騎士さまが「は？」と愕然《がくぜん》とし、またもや気味の悪い未知の生命体を見るような目を向けた。しかし私はそれどころではない。温かな食事を前に、内心で激しい葛藤を繰り広げつつ──涙を呑むことにした。

「あ、あの、今はお腹が空いていないので……残してもよろしいですか？」

「……好きにしろ。しかしそれ以外に食事はない」

「心得ております！」

悲しみを堪えつつ、その食事を大切に持ち上げる。

「ありがとうございます！　ではこれを、こちらに置かせていただいて……」

「待て！　何故後生大事にクローゼットへしまおうとする」

「あ……やはりだめでしょうか。今食べては明日まで辛いので、今日のお食事は、できればお昼ごろに頂きたかったのです……」

思わずしょんぼりして肩を落とす。

ここの食事がどれくらいの頻度でもらえるのかはわからないが、罪人である。だけどこの破格の扱いを考えると、おそらくオルコット伯爵家にいた時と同じくらいの頻度ではないだろうか。

私が食事をもらえるのは大体日に一度だったので、おそらく次の食事は明日。ならばお昼に食べて少しでも空腹時間を減らそうと思ったのだけれど……。

私の言葉に騎士さまが「は？」と再び目を見開く。

そしてこめかみを押さえながら、口を開いた。

騎士さまが話し始めたのは、この塔の生活についての説明だった。

そ、それが牢獄……!?

「君がこの塔で過ごす三か月。食事は一日三食、軽食もつく。湯浴みは三日に一度、宝飾品やドレスなどの贅沢は許されないが……身に着けているその腕輪だけは認めよう。必要なものがあれば言え。問題がないか俺が慎重に判断するが、本や文具といったものなら用意する」

「そ、それが牢獄……!?」

驚いて思わず大きな声が出た。なんてことだ。オルコット伯爵家のほうがよっぽど牢獄らしいではないか。

そんな私に騎士さまは胡散臭そうなものを見るような眼差しを向けながら、そのまま説明を続けた。

「それから。神父が日に一度、君の元へくる。君が反省するまで神の教えを説くとのことだ。少しはマシな倫理観を学ぶといい」

「神父さまから直接教義まで教えていただけるのですか……!?」

「いい加減にしろ！」

天国ではないかと私が目を輝かせると、騎士さまが堪えかねたように怒りを露わにした。

「なんなんだその演技は！　本来の君は気に入りの使用人以外には罵詈雑言を浴びせ、運んだ食事がフルコースでなければ『こんなものを食事と呼ぶのはお前のような犬だけよ』と投げつけ、神の教えを『くだらない』と鼻で笑うような人間だ。こんな状況に感謝するような人間ではない！」

「そっ……」

それはもう、絵に描いたような悪女だ。

使用人や騎士さまの反応でなんとなくわかっていたけれど、ヴァイオレットさまはジュリアの言う通りとんでもない人だ。三か月どころではなく、一年は幽閉されていた方が良いのではないだろうか……と思って、今幽閉されているのは私だったと思い返す。

「いいか、今すぐにその演技をやめろ。わかったな」

騎士さまがきつく私を見据える。きびすを返して、扉を開けて出て行った。

とりあえず、温かい食事は温かいうちに食べるものだ。食事をすませ、お腹がくちくなった私は真剣に自分の状況について考えてみた。

まず、私は何故かヴァイオレット・エルフォード公爵令嬢に、少なくとも姿かたちはなっている。

おそらくこれは、間違いない。

彼女は何らかの大罪を犯して幽閉の塔に投獄されている。最初に騎士さまが「殿下の婚約者に無体を働くなど」と言っていたので、殿下――おそらく王太子殿下の婚約者に何かしらの失礼なことをしてしまったのだろう。

王太子殿下の婚約者といえば、白百合の君と謳《うた》われるリリー・レッドグライブ伯爵令嬢だ。彼女の噂は、ジュリアから聞いたことがある。

美しく心清らかで、側にいると頭がぽうっとなってしまうほど可憐な方だと、ジュリアが心酔している方だ。誰に対しても優しく広い心を持っていて、殿下はそんなリリー様に夢中なのだとか。

その方にとんでもなく失礼なことをして、この塔に投獄されることになっただろうヴァイオレットさま。想像だけれど、きっとさぞお怒りになっただろう。

「魔術が得意と騎士さまが言っていたし……もしかして、投獄がお嫌で魔術で私の体と入れ替わった……？」

魔術については基礎的な本しか読んだことのない私だけれど、そんなことが可能だとは、とても思えない。思えないけれど、ものすごくしっくりくる。

けれどももしそんなことができたとしたら、醜女の引きこもり悪女と名高い私ではなく、リリー・

レッドグライブ伯爵令嬢と入れ替わるのではないだろうか。そちらの方が、ヴァイオレットさまにとっては諸々有利に動けるし、最高の嫌がらせになる最善の一手だと思う。

そう考えこんで、ハッと思いつく。

「……引きこもり悪女ならいなくなっても大した騒ぎにはならないと考えて、私の体をヴァイオレットさまとそっくりに変えて成りすましをさせたとか！」

これが一番ありそうだ。本物のヴァイオレットさまはきっと、今ごろ何かすごいものを食べているに違いない。

「謎が解けてすっきりしたわ。じゃあ騎士さまに報告を……したところで、聞いてくれなさそう……」

不信感でいっぱいの彼に、こんな話をしても信じるとは思えない。チーズに生えたカビを見るような目を向けられそうだ。

私としても、オルコット伯爵家に戻りたい気持ちは全くない。三か月だけといえどももう少し、この天国でしかない、牢獄ライフを楽しみたいという邪な気持ちがある。

「オルコット伯爵家の状況をそれとなく聞いて、もしも捜してなさそうだったら……このままでもいいかしら。いえ、人としてだめかしら。一応、お伝えした方が……」

悩んで頭を抱える。その時腕につけている、ギラギラした宝石がたくさんついた太い腕輪の内側に、何かを入れられるような細工があることに気づいた。

その腕輪を外し、中を開けてみると小さな白い紙が入っている。そこには美しい文字でこう書かれていた。
『お前に名誉を与えてあげるわ
その体を、傷一つつけずに守りなさい』

クロード・ブラッドリー

王宮からほど近い、幽閉の塔。

その塔の中にある執務室で、革張りの椅子に体を預けている黒髪の騎士――クロード・ブラッドリーは、目を瞑《つぶ》って深くため息を吐いた。

弱冠二十二歳にして王太子直属の第一騎士団の騎士団長の座につく彼は、今猛烈に頭を悩ませていた。

(なんなんだ、あの女は……)

まぶたの裏に浮かぶのは、ヴァイオレット・エルフォード公爵令嬢の姿だ。

淡い金の髪に、紫の瞳。

一つ声を発するだけで、その場を思い通りに支配する存在感を持った少女は、彼が今まで見た人間の中で一番邪悪な女であった。

傲慢で、強欲で、享楽的。

常に人を傅《かしず》かせ、どんな人間に齎《もたら》された些細な不快も見逃すことはない。その報復たるや、おそらく罪悪感や自制心を地獄の底に置き忘れてきたに違いないと、クロードは常々思っている。

その彼女が――、彼女の思う通りには動かないクロードに、いつも「消え失せろ」というような視線を送っていた彼女が、この塔に来てから何故か妙に澄んだ瞳でクロードを見つめていた。

脳裏にほわんと、何故か床の上で眠っている姿や、起こした瞬間の慌てふためく姿や、食事を見ては目を輝かせた姿が浮かび上がる。

(――いや、おかしいだろう!)

思い出して異様さに額を押さえていると、扉がノックされた。

「入れ」

入ってきたのは部下である副団長、ニール・ハーヴィーだった。

「うわ、疲れた顔してるね」

クロードの顔を見て美しい顔に小さな笑みを浮かべると、顎のラインで切りそろえた黒髪が揺れる。中性的な美貌を持つ彼は、クロードにとって気の置けない友人でもあった。

「どうなの、女帝の様子は」

「最悪だ。新たな精神攻撃を考えついている」

「あはは。警備の騎士や侍女たちも、人を呪う前触れじゃないかって青ざめてたよ」

ニールが愉快そうな視線をクロードに向ける。この友人は腕も立つし賢いが、何事も面白がるところが玉に瑕《きず》だ。

「もしかして彼女も、深い反省ののちに改心したのかもしれないね。いくら悪名高きエルフォード公爵令嬢といえども、この間のあれは異常だった」

「確かに、彼女らしくないと言えば彼女らしくはなかった」

先日の、彼の主である王太子――ヨハネス・デ・グロースヒンメルとリリー・レッドグライブ伯爵令嬢の、婚約を発表した夜会のことを思い出す。

ヨハネスが婚約を発表したまさにその時、国王の近くに座していた彼女はあろうことかヨハネスにワインを浴びせ、その婚約者であるレッドグライブ伯爵令嬢の頬を叩いたあと、凄まじい形相で土下座をさせた。

すぐにクロードが取り押さえたが、ヴァイオレットは「お前ごときがこのようなことをして許されると思っているの」と激昂していた。

ヴァイオレットが怒りを剥き出しにする姿を見たのは、初めてだ。彼女はどんな小さな不快も許さないが、その怒りは片眉を少し顰める程度にしか表情に出すことはない。

それに、彼女は自身の悪女という噂を気にすることはないが、大衆の面前であのように自身の首を絞める行いをするような女性ではなかった。

(一体何をあんなに激昂したのか。問い質しても答えず、レッドグライブ伯爵令嬢も全く心当たりがないと言う。……当然だ、二人に接点などない)

そのことに疑問を抱えながらも、クロードは首を振る。

「しかし……彼女が改心などするわけがない。改心するくらいなら、最初から行わない。彼女はそういう人間だ」

クロードがきっぱりと言い放つと、ニールが肩をすくめた。

「ひどいことを言うね。婚約者に」

「婚約者『候補』だ。結婚などするものか」

そう言いながらも苦い顔を浮かべる。ヴァイオレットが馬鹿な真似をしたせいで、状況は悪化した。

今までは新たな婚約者候補を出されても困ると、互いに利用する形でのらりくらりと誤魔化していたのだが、これでは身を固めろという王命がいつ下ってもおかしくない。

現国王陛下は、亡き妹姫の忘れ形見である姪のヴァイオレットを溺愛している。

これ以上余計な騒ぎを起こして庇いきれなくなる前に、身を固めて落ち着いてほしいと願っていることだろう。

（結婚したところで、落ち着くわけがないだろうが）

むしろクロードへの嫌がらせに繋がるとして、嬉々として悪辣ぶりを発揮しそうだ。

そう考えこんでため息を吐くクロードに、ニールが苦笑する。

「まあ僕も、彼女が改心したとはこれっぽっちも思っていないけど。ただ、この塔に入る前に気を失ったじゃない。医者が言うには急激に精神に負荷がかかった証拠だろうって言ってたやつ。彼女もまだ十八歳の若い女の子だし、塔に入って心細くてああいう態度を取ってるんじゃないかな」

それはないだろう、とクロードは思う。彼女の監視を任されたクロードが彼女を公爵邸から塔に護送したとき、落ち着きを取り戻していた彼女はどう見てもいつものヴァイオレット・エルフォードだった。

どことなく歌を歌いだしそうな機嫌の良さまで感じられて、何を企んでいるのかと、訝《いぶか》しく思ったものだ。

そしてその幽閉の塔の前で、今にも雪が降りだしそうな空を仰いだ彼女は、一瞬だけ微笑んで倒れた。

そうして医者から『精神的な負荷による一時的な失神』と判断され、彼女は目覚めたのだが。

目が覚めた彼女は、まるで別人のようになっていた。

（――あれが、心細くて健気にふるまう姿だと？　まさか、絶対に彼女はそんな人間ではない）

そう思うと同時に、心底悲しそうに食事をクローゼットにしまおうとした姿を思い出す。

あれはもしやクロードが、塔に入って抵抗できない彼女を虐待するとでも思っていたのだろうか。

（……いや、絶対に。彼女はそんなことを心配するような人間じゃない）

「――警戒を怠るな。彼女は、予測できないことを平気でする」

浮かんだ考えを振り切るように。クロードは、厳しい顔でニールにそう告げた。

一緒にごはん

いつの間にかこの塔に投獄されてから、はや一週間。

隠されていた女王オーラの漂う手紙を読む限り、この体はヴァイオレットさまの体なのだろう。

そう予想した私は涙を呑みつつ、一度だけ騎士さまに「体を入れ替えられたかもしれない」と伝えた。

僥倖《ぎょうこう》と言うべきかそうではないと言うべきか、やはり信じてはもらえなかった。

「そういうことか」と、冷ややかにため息を吐かれてしまった彼の眼差しは幻滅していて、ほっとするやら悲しいやらで複雑な気持ちになる。どちらかといえば安堵の気持ちが勝つのだけれど。

永遠にこのままなのか、三か月後に戻るのかわからない。

しかし食事は毎日同じ時間に美味しいご飯を食べられる、そんな幸せの日々がいつまでも続いてほしいなと、不謹慎ながらも思ってしまう。


「おはようございます！　お会いできて嬉しいです！」

今日も胡散臭そうな眼差しの騎士さまに笑顔で挨拶をする。彼が手に持つ食事は、いつもと同じご馳走だ。

だけど今日のスープは、私が見たこともない、とろりとした黄色のスープだ。

清らかな朝日に照らされて、スープの湯気がふわふわと夢のように揺れている。どんな味がするのだろうかと、食べる前から楽しみで仕方がない。

そんな私に、騎士さまの呆れ果てたような声が降ってきた。

「君が会えて嬉しいのは、俺じゃなくて食事だろう」

「いっ、いえいえまさかそんな……あっ、いえ、そうね。あ、あなたの顔を眺めるよりも、そのふわふわのパンを眺めている方が楽しいわ！」

「『図星を指されて慌てて誤魔化そうとしたが悪女として振る舞わねばと思いついて下手な演技をする純粋な少女の演技』を今すぐやめろ」

騎士さまがピリピリ言い放ったあと、「うわ」と聞きなれない声が響いて、騎士さまの後ろから女性かと見紛うほど綺麗な顔立ちの男性がひょいと顔を覗かせた。この方も騎士さまのようだ。

「色々と、どういうことなの」

顎のラインで切りそろえた艶のある黒髪を揺らしながら、彼が言う。彼の視線はこの部屋の中一面に置かれた、薬草や草花を栽培するプランターに向けられていた。

先日、欲しいものは言えと言われた私はダメで元々と、薬作りに欠かせない薬草や用具一式を、騎士さまにお願いしていた。

もちろん訝しんだ彼から少しでも人体に害のあるものは却下されたけれど、安全な薬草だったり草花は許され、こうしてたくさんのものを用意していただけた。

なんという幸せだろうか。空腹に苛《さいな》まれず、材料は限定されるとはいえ、暖かなお部屋で一日中薬作りに没頭できるなんて。

思わずヴァイオレットさまに感謝を捧げたくなってしまうけれど、いや被害者がいる以上は不謹慎だと自省する。

私がそんな葛藤をしている間に、新しい騎士さまが「うわっ」と悲鳴をあげた。

「え、ちょ、ちょ、何この気味の悪い草……草?」

そう呟く新しい騎士さまが、ドン引きした様子で眺めているのは、人の唇のような形をした植物だ。うねうねと動くそれは、珍しい種類の食虫植物である。

「それはリップンという名の食虫植物です。この唇のようなところがいわゆるお花の部分で、葉を煎じると外傷によく効くお薬になります」

「は? 食虫植物? え、大丈夫なの?」

「あ、ここには虫がいないことがご心配ですか? ご安心を! 食虫植物は虫を捕食致しますが、水と日光で充分な栄養を吸収できます。色々な説がありますが、これは他の植物との競争に負けて、栄養たっぷりの土壌から追い出されてしまった植物が栄養を得るために食虫するようになったと考えられておりまして、整えた土や水があれば充分すくすくと育つのですよ! 私は他にも葉や実を傷つける虫から逃れるために変化した、という説も非常に興味深いと思っていて……」

私の説明に新しい騎士さまが、生温い笑みを浮かべて騎士さまに視線を移す。

「本当にどういうことなの」

「知らん」

「クロード。君、いつもエルフォード公爵令嬢のことを知り尽くしていると、あんなに豪語しているのに」

「言い方が悪い!」

彼らの会話で、騎士さまはクロードさまというお名前なのだと知った。

素敵なお名前だなと思っていると、新しい騎士さまが私に笑みを向け、「ご挨拶が遅れて申し訳ありません」と礼をした。

「王太子殿下直属の第一騎士団副団長、ニール・ハーヴィーと申します」

「ニールさま！　はじめまして。よろしくお願いします」

「こちらこそ。もし宜しければお近づきのしるしに、私たちと一緒に食事などいかがでしょうか」

クロードさまは苦い顔だけれど、何も言わないということは彼も納得済みのことなのだろう。

ニールさまは穏やかな微笑みを浮かべているけれど、目の奥には好奇心と、警戒が宿っている。

きっと今の私を探りたいのだろうと思いつつ、初めて聞くお誘いに、私の頭の中は真っ白く弾けた。

「いっ……一緒に、食事……？」

目を見開く私に、ニールさまが「お嫌でしたら……」とどこか探るように目を鋭く光らせて詫びようとした。

「とととととんでも！　とんでもありません！　一緒に！」

誰かと一緒に食事をするのは十二年ぶりだ。

用意をしようとする二人を止め、怯えた侍女が部屋の前まで持ってきてくれた食事やカトラリーを、いそいそとテーブルへと並べていく。

「……エルフォード公爵令嬢が食事の準備をしてるよ……？」

「本当に何を企んでいるんだ……」

驚愕しつつ小声で会話をする二人に、私は胸を張る。

「このお部屋は今私専用のお部屋です。つまり私は女主人ですから、お客さまをおもてなししなければ。……あ！　お花も飾りま」

「まずはその食虫植物から手を離せ」

そんな会話をしつつ席につく。

食事の前に三人で神さまにお祈りを捧げた。

まずはスープをと、ひとさじ口に入れると、まろやかで優しい味わいが口の中に広がった。美味しすぎる。牢獄でこんなに美味しいものを食べても良いのだろうか。世の中間違っている気がする。

ニールさまはお話がお上手で、思わず何度か声をあげて笑ってしまった。

そのたびにクロードさまが、腐臭を放ちたての肉を本当に腐っているのか吟味するような、猜疑《さいぎ》心たっぷりの眼差しで私を見ているけれど、面白いのだから仕方ない。

食事は終盤となり、会話も落ち着き始めたとき。

思わずふふっと笑いがこぼれてしまった。

「――こうして誰かとお食事するの……本当に、本当に楽しいです」

義母やジュリアの目を盗んで、私に食べ物をくれたり優しくしてくれる使用人もいたけれど、みんな私と食事はしてくれなかった。目をつけられたら大変なことになるから、誘われても断ったと思う。

だからこうして、何の心配もせずに誰かと笑い合う食事は本当に久しぶりで。満たされたお腹以上に、心が温かくなった。

「一緒に食事をしてくれて、ありがとうございます」

私がそうお礼を言うと、二人はなんとも言えないような顔をした。

(本当は薬師なのです)

そうこうしているうちに食事が終わり、食後のお茶まで付き合っていただいた。

ニールさまが淹れてくださったそのお茶は淡い茶色で、一口飲むと爽やかな草の香りがする。

「!　これは、ホーステールのお茶ですか?」

「……よくわかりましたね」

驚き顔のニールさまに頷いた。

ホーステールというのは春から秋の終わりまで、どんな場所にも生えてくる野草だ。もちろんオルコット伯爵家の、私専用の畑の近くにも生えている。

手間もお金もかからず取り放題なのに、色々な薬効がある素晴らしい薬草だ。

「僕の生家であるハーヴィー伯爵家が本邸を構えるドノヴァンという領地は、土地が痩せていて作物が実りません。そんな場所にも生える草ですので、領民はみんな気軽に飲んでいます」

「ではニールさまにとってこのお茶は、懐かしい特別なお茶なんですね」

痩せた大地でも取り放題なんて、どこまでも神様に愛された草である。

「本当に、素晴らしい草ですよね。血止めにもなり骨折にも効き浮腫《むく》みもとれて、乾燥させると咳止めにもなり、煎じた汁は皮膚炎にも効き……」

「……君に薬師のような知識があるとは知らなかったな」

私が思わず我を忘れて語り始めると、クロードさまが驚きに目を見張った。

どきりとする。これは入れ替わりを本格的に信じられてしまうかもと、内心狼狽《うろた》える。

しかしクロードさまは少し考えた様子のあと、納得したように頷いた。

「……そうか。君の家庭教師の一人は、確か薬師の家系の出だったな」

「なるほど、それで」

クロードさまの言葉に、戸惑っていたニールさまも頷いた。一瞬の間を置き、少しだけ顔を曇らせる。

「薬師で思い出しましたが、最近僕の領地では厄介な病が流行っていまして……」

そうニールさまが話し始めたのは、ドノヴァンの一部の平民の間で、半年ほど前から流行しているという病だった。

何でも流行に敏感な若い方ばかりがかかる病気で、食欲不振、激しい倦怠感や手足のしびれ、ひどい人では足元がおぼつかず、うまく歩けない人も出てきているのだそうだ。

「一部の若い者だけに流行しているので、領主である父は悪い遊びでもしたんだろうとさして気にしていません。しかし、医者もこのような症状は見たことがないと言っているので、不気味だと」

ニールさまの言葉に、思い当たる病が一つだけあった。

「直接患者さまを診ていないので、確実なことはわかりませんが」と、私は慎重に口を開いた。

「……もしやその若者は、白いパン、それからホーステールのお茶をよく摂取しているのではないでしょうか？」

「え？」

「この塔でも出される白いパンは、平民の……それも若者の間で一年ほど前から広く食べられるようになったと聞いています。しかし元々食べていた黒く硬いパンと違って、そればかり食べていると病気になりやすく、特にホーステールとは相性が悪いようなのです」

「病気になりやすいパン？」

困惑する二人に、私は慌てて「この塔で出される食事のように、肉や野菜など様々な食材と一緒ならば全く問題はありません」と言った。

「まだ初期段階のようですし、以前の黒いパンを多く食べたり、豚肉を食べたり、もしくは雑穀を食べればすぐに良くなるのではと、私は思います。食生活が違う東の国ではよく見られる病気のようなので、一度食養生に詳しいお医者様に診ていただいたほうが、よろしいかと……」

「なるほど……」

ニールさまが少し考え込み、「――仰る通り、医者を手配してみます。それから、ご提案の食生活も」と言った。

「しかし、驚きました。これが本当ならば、あなたは公爵令嬢よりも薬師に向いているのでは」

薬師なのです。

言いたいような言いたくないような微妙な気持ちで、私は曖昧に微笑んだ。


二人が帰り支度を整え、部屋から出るため扉の前に立った。

ニールさまが「今日は色々とありがとうございました」と礼をした。

「もしよかったら、また三人で食事をしましょう。クロードの許しが出れば」

「！　ぜひ……！」

素早くクロードさまに視線を向けると、彼はなんとも厳しい表情をしていた。無理だと悟った。

考えてみればここは牢獄。当然だと思う。

それでもちょっと肩を落としてしまった私をフォローするためか、ニールさまがまた口を開いた。

「そういえばあのスープ、大変お気に召したようでしたね。またメニューに出すよう、伝えておきましょうか？」

「いいんですか⁉」

「もちろん。他に好物はありますか？」

まさか食事にリクエストができるとは。ニールさまの優しい言葉に、私は口元に手を当て真剣に考えた。

　正直言って、今まで私に好物という概念はなかった。

　オルコット伯爵家でもらえる食べ物は、食べられるギリギリのちょっと向こう側のものばかりだったので、あまり味は気にしないようにしていたのだ。


　――あ、でも。

　遠い昔の記憶が蘇る。

　煮詰めた草の香が立ち上る大鍋の側で、特別に舐めさせてもらった甘い味。

「ええと……はちみつが、好きです。甘いので」

「蜂蜜？」

　二人の驚き戸惑った表情に驚いて、ハッと気づく。

　はちみつは、高価なはずだ。以前耳にした使用人の世間話によると、はちみつ一瓶でパンが二十個買えるらしい。二十食。好意に甘えて頼むにしては強欲すぎる。

「あ、でも、ただ好物と言われて咄嗟に思いついただけで……私は好き嫌いがないので、お気持ちだけで充分です！　スープだけで！」

　慌ててそう言うも、二人は何とも言えない表情でこちらを見ている。

　余計なことを言ってしまったと後悔しながら、二人を見送った私はため息を吐いた。

◇

「はちみつ、ねえ……」

　ヴァイオレットの部屋から出てすぐに、ニールが呟いた。

「あれさ、別人でしょ」

「……本人だ」

　ニールの言葉に、内心同意したい気持ちを抑えながら、クロードは言った。ニールが「いや、だってさ」と眉根を寄せた。

「『散り、枯れるだけの花を連想させるようなものはこの私に似合わない——センスすらない節穴なのね、幻滅だわ』だっけ？　以前殿下が風邪をひいたエルフォード公爵令嬢に見舞いに持って行った蜂蜜を、目の前で投げ捨てた時言ったセリフは」

「……ああ」

　その時のことをよく覚えている。空気が凍り付き、温厚なヨハネスが珍しく彼女に怒ったのだ。以来ヨハネスとヴァイオレットの間には、深い溝ができている。

「彼女、この間体が入れ替わったかも、と言っていたんだっけ？　本当に信じてしまいそうだよ」

「俺も実際にそういう魔術がないのか、王宮の魔術師に問い合わせた。——答えは、有り得ない、だ」

「まあ、そうだよね」

　ニールが肩をすくめた。

「別人にしか見えなくて、さすがの僕も罪悪感が芽生えたよ。僕の不躾な挑発や探りに少しも動じないどころか、気付かずに受け答えしているようにしか見えなかったもの」

そう言いながら嘆息するニールに、クロードも「ああ」とため息を吐く。


別人のようになった彼女の様子をヨハネスに報告した際、ヨハネスは「お前まであの女に騙される気か」と眉を顰めた。

それで「化けの皮を剥がせ。何を考えているのか探るんだ」と、そういったことが得意なニールとクロードに命じたのだが。

（成果が出たどころか、余計に混乱した）

一緒に食事をとろうと、ニールがそう誘ったとき。大きな紫色の瞳が驚きに見開かれて、輝いた。

『――こうして誰かとお食事するの……本当に、本当に楽しいです』

（あれは本当に、ヴァイオレットなのか……？）

何度目かの疑問が浮かび、クロードは首を振る。そんなことは有り得ない。王宮の魔術師が知らず、クロードがいくら調べても存在しない魔術を信じるなど、滑稽だ。

（――ヴァイオレットの師であった大公にも、手紙を送ってみたが）

彼女の我儘に堪えかねて彼女を破門したという大公――国王の兄からは、まだ返信がない。

王兄である彼は稀代の魔術師で、かつてこの国を救った英雄でもある。ヴァイオレットをよく知り、あらゆる魔術に精通している彼ならば、何か知っているのではないかと思ったのだが。

「あーでも、本当に信じられないな……。平民の飲む茶なんて、絶対に投げつけられると思ってたし。家庭教師が薬師なら知識はまあ……ギリギリ納得するとして、平民の病にあんなに真剣に回答するなんて」

「……」

そう言って、ニールがふう、とため息を吐く。

「もしも本当に入れ替わりというものがあったらさ」

静かな声で、ニールが呟いた。

「本物のヴァイオレット・エルフォードは、どこに行ったんだろうね？」

「……わからないが」

少し考えて、クロードはため息を吐いた。

「ろくなことにはならないだろうな」

第二章
目が覚めたら投獄された悪女だった

ヴァイオレット・エルフォード

「――いやだ。野良犬にでも入れ替わってしまったのかしら」

雑然とした小さな物置部屋の、その床の上で目を覚ましたソフィア・オルコット――ヴァイオレットは、周りを眺めて顔を顰めた。

「ここまで噂と違うなんて」

壊れた家具やガラクタが詰め込まれたこの部屋は、およそ人の住む場所とは言い難い。

しかし確かにこの少女は、ここで暮らしていたらしい。

おぞましいことに、ヴァイオレットが眠っている間にくるまっていた、穴の開いた汚らしい薄い毛布が一枚、それから本棚に詰め込まれた数々の本。

それから何故かベッドの上を占領している草花や、奇妙な用具の数々に、ガラスに収められた液体から暮らしの痕跡が見て取れた。

「――薬のようね。こんな環境下で師もなく、一人で。ふうん、さすがはアーバスノット家の血をひく娘。思った通りの変態ね。合格だわ」

代々王家に仕える薬師を輩出していた名門、アーバスノット侯爵家。

今は王宮薬師長を引退し、遠い領地に引きこもっているものの、現当主は今も新薬を次々に開発している。

三度の飯や宝石よりも調薬を愛し、地位や名誉に興味がない変人の家系だ。

本当に愚かだと、ヴァイオレットは思っている。

（旨味のある弱い生き物を、放っておく生き物がいると思っているのかしら）

だからこんな目に遭うのだ——とソフィアの姿を見下ろし、あまりの酷さに眉を顰めた。

令嬢の着るようなドレスではなく、使用人が着るようなお仕着せであることは、百歩譲ってやるとして。

冬だというのに薄手の春物で、おまけに散々着古したのかあちこちにほつれや小さな穴が開いている。サイズが合ってないのか足首が見えていて、もはやこの自分がこのような姿をしていることに、一秒も我慢もできない。

（まずは湯浴みね。それから軽食も用意させて、部屋も替えさせて、髪や肌に艶を出して、ドレスもとりあえず、百着ほどは欲しいし——、まったく、最低限の身だしなみだけで一日が終わりそうだわ）

ヴァイオレットは足音を立てない優雅な足取りで、部屋の外に出た。

オルコット伯爵家に勤めて三年目の侍女、マリアは、今日も憂鬱な気持ちでこの伯爵家の長女の元へと向かっていた。

彼女が手に持つ食事は、かびた小さな黒いパンと、具のないスープ。

平民出身のマリアですら、このようなものを口にしたことはない。

(それでもソフィア様は、不満を仰らない)

可食部が少ない日はとても悲しそうになさるのだが、それだけだ。時折こっそり食べ物を差し入れると、目を輝かせて「ありがとう」と嬉しそうに微笑む。

胸を痛めつつも、一介の侍女が女主人に逆らえるわけもない。実の父である当主ですら見て見ぬ振りをしているのだから。

小さくため息を吐きながら俯いたとき、前方から涼やかで凛とした声が響いた。

「そこのお前」

顔を上げて、ハッと息を呑む。

そこに立っていたのは、今まさに食事を届けようとしていたソフィアの姿だった。

(でも、何……? 何か様子が違うような)

綺麗な紫色の髪と瞳に、小柄な体躯。姿形はどう見ても、この屋敷の気の毒な長女、ソフィアなのに。

いつもふんわりとした微笑みを浮かべているはずの彼女が、今は感情の見えない静かな顔でこちらを見ていた。

こんな表情は、見たことがない。

冷えた威厳を孕む眼差しに、マリアの体は凍りついた。

「お前に声をかけているのよ。聞こえないの？」

「！　は、はい！」

慌てて返事をすると、ソフィアが片眉をあげた。

「あら、耳は聞こえているのね。……まあいいわ、今すぐに湯浴みをしたいの。手伝いはお前でいいわ」

「えっ……」

今、何を言ったのだろうか。

困惑するマリアに、ソフィアが「愚図ね」と眉を顰めた。

「湯浴みの用意をしろと言ったのよ」

「ゆあ……あ、あの、しかし今から、ソフィア様はお食事の時間ですが」

早く食べなければ、こんなものでも取り上げられてしまう——そのことは知っているはずだ。

しかし目の前の彼女は、マリアの手に持つ食事を見て、一瞬の沈黙の後冷えた眼差しを向けた。

「その生ゴミが、食事？」

「え……」

マリアの反応に、ソフィアは「そう」と、ゾッとするほど冷たく笑った。

「ではお前に下げ渡すわ。さあ、今この場で食べなさい」

「えっ……」

「よく仕えている主人思いのお前に、この私が施しをしてやろうと言っているのよ。まさか自分でも口にできないものを、この私に差し出したわけではないでしょう?」

歌うような優雅な口調だ。それなのに、マリアは恐怖で手足が氷のように冷えるのを感じた。

ソフィアの声は冷淡だった。下手なことを言えば殺されると、マリアが思ってしまうほどには。

「――ただ、今日は時間が無いの。お前がその生ゴミをゴミ箱に運ぶ途中だったと言うのなら、今回だけは今の発言を忘れてあげるわ。私がさっき言ったこと、覚えてるわね? 今すぐに用意をなさい」

「か……かしこまりました。大変申し訳ありませんでした」

頭を下げる。手足が恐ろしさに震えていた。今目の前にいるのは、いつものソフィアではない。

何か薬の類を飲んで、正気を失ってしまったのだろうか。それくらいには別人だった。

「で、ですが……あの、湯浴みは、まずはイザベラ様の了承を頂きませんと」

「お前は何を言っているの」

心底不愉快そうにソフィアが言った。

「元子爵の娘の了承などどうでもいいわ。この私が入りたいと言っているのよ。お前は私の手足。返事は『はい』以外必要ないわ」

感謝することね

湯浴みをし、その後一仕事を終えたヴァイオレットは、用意させた軽食を食べたあと優雅に紅茶を飲んでいた。

（まったく、紅茶を淹れさせるのにも手間がかかるなんて）

先ほどヴァイオレットはマリアに軽食を用意させている間、近くにいた侍女に紅茶を用意しろと命じた。

すると不快そうに眉を顰めた侍女は、意地の悪い笑みと共に、泥水のようなふざけたものを出してきたのだ。

もちろんそのふざけたものを顔面に浴びせたあと、主人に対して取るべき態度を丁寧に執拗に言い聞かせたので、当人とその周りにいる者たちは自分の立場を思い出しただろう。

しかし使用人にさえわざわざ立場を思い知らせねばならないなんて、とんでもないことだとヴァイオレットは思う。

元々予想はしていたが、ソフィア・オルコットは想像以上に悲惨な境遇を生きていたらしい。

（周りの反応を見るに、不平不満は漏らさない小娘だったようね）

今頃、ヴァイオレットの体に入ったソフィア・オルコットは何をしているのだろうか。

彼女はおそらく貴族の中の貴族であるヴァイオレットと違い、あの塔で供される侘しい生活にも不満は言わないだろう。

それを見たあの男は、どんな顔をしているだろう。

（ふふ。本当に入れ替わってるなど、あの頭の固い男は絶対に認めないはず）

きっと今頃あの塔で悩み、戸惑い、警戒しているはずだ。

種明かしをすることを考えるだけで、胸に明かりが灯《とも》るようだ。あの融通の利かない無礼な石頭がどんな顔を見せるのか、楽しみで仕方がない。

そうこう考えているうちに、外出していたらしいイザベラとその娘ジュリアが帰ってきたのか、キャンキャンとわめく騒々しい声が聞こえてくる。

ヴァイオレットは彼女たちを出迎えるため、美しく微笑んだ。

（――まあ、それはそれとして。感謝することね、ソフィア・オルコット）

自分の目的を果たすついでではあるのだが。

（お前の生活を、野良犬から飼い犬程度にまでは変えてあげるわ）

「何を勝手なことをしているのよ！」

空色の瞳を怒りに燃え上がらせたイザベラが、扉を開けるなりソフィア――ヴァイオレットを怒鳴りつけた。

怒りの形相を浮かべる彼女たちを冷めた目で眺めていると、ジュリアが「ちょっと、それ私のとっておきのドレスじゃない！　何を勝手に着ているの⁉」と真っ赤な顔で叫んだ。

「ああ、これ、お前のドレスだったわね」

「おまっ……⁉」

普段と全く違うソフィアの様子に、イザベラとジュリアの二人は一瞬絶句した。

胸元のレースを軽く引っ張る。淡い桃色のこのドレスは、いかにも幼稚なデザインで、全くヴァイオレット好みではない。一番まともに着られそうな肌触りのドレスがこれだけだったので、仕方なしに袖を通したのだ。

「私のドレスが一枚もないのだもの。ドレス商が来るまでの間、借りてあげたのよ」

ヴァイオレットの言葉に、二人がギャンギャンと叫ぶ。

「この泥棒！　手くせが悪いなんて最悪よ、この恥知らず！」

「ドレス商がお前のために来るわけがないでしょう！　不気味に変な薬ばかり作って、頭がおかしくなったの？　この家はお前が好き勝手していい場所じゃないわ」

彼女らの発言に、呆れてつい笑みを浮かべる。今ジュリアの指に輝いているのは、アーバスノット家の当主が、嫁ぐ娘に渡した由緒正しいものであることを、ヴァイオレットは知っていた。

しかしヴァイオレットは「そうね」と頷いた。

「私はオルコット家の恥知らず。後妻とその娘に罵声を浴びせている――だったかしら？」

そうヴァイオレットが微笑むと、イザベラが怒りに震えたように「口の利き方に気をつけなさい！」と言った。無視をして、更に続ける。

「ああそれから、伯爵家の財産を揺るがすほどの浪費を繰り返し、毒殺なんかの本を読んでは怪しげな薬を作る――ふふ。それが、お前たちが恥ずかしげもなく広めている噂よね」

目を細めて口元に笑みを浮かべると、彼女たちの表情が驚きと怒りと、微かな怯えにひきつった。

「喜びなさい。お前たちが飽きもせずに吹聴しているその噂を、望み通り真実にしてあげるわ」

「ソ、ソフィア！　本当に頭がおかしくなったの⁉　いい加減に黙って、部屋に戻りなさい！　ジョージ、この娘を部屋に連れて行って」

動揺する夫人の言葉に、部屋の隅で控えていた執事のジョージは、こめかみに汗を滲ませたままイザベラの言葉に目を閉じた。

通常ならばいつも瞬時に動く彼の足は、ピクリとも動かない。

「何をしているの！　早く動きな……」

「ジョージ。お義母さまとその娘を、早く新しいお部屋にお通ししなさい」

「………かしこまりました、ソフィア様」

ジョージが深く礼をしながらそう言うと、イザベラとジュリアは悲鳴のような高い声でジョージの名を呼んだ。

「ジョージ、お前は一体何をしているの⁉　女主人はこの私でしょう⁉」

「『――神は言った。汝、姦淫《かんいん》するなかれ。嘘を吐くなかれ』」

歌うような口調で神の教えを暗唱しながら、ヴァイオレットは椅子から立ち上がり、イザベラとジュリアの元へと優雅に歩く。

先ほどそこの執事には言い聞かせている。

くだらない神の教えは、こうやって使うものだ。

「世の中にありふれたこの小さな背信行為を、大罪として告発する方法を知っていて？　わからないのなら、この私がたっぷりと教えてあげてもよくってよ」

蜂蜜をたっぷりかけたフレンチトーストだ

人間が堕落をするのはあっという間だ。

「なんという……これがお布団の魔力……」

ふかふかのベッドの中だ。

冬の淡い朝日を浴びて目を覚ました私は、柔らかでぬくぬくとしたお布団の心地よさに陶酔していた。

『二度と床で寝るな。ベッドで寝ろ』と命じられたばかりの時は、落下する夢を見て飛び起きてばかりいたというのに。

なんと私は五日と経たずに、このふわふわで暖かくて清潔なベッドで寝ることに慣れてしまっている。今床で寝たいかと問われれば、答えは「ノー」と言わざるを得ない。

（……お腹もすいた）

昨日も三食ばっちり、軽食にサンドイッチまで頂いたというのに。

規則正しくお腹が空くのは、やはりこの体が贅沢に慣れているからだろうか。

そんなことを思いながら、起き上がってベッドをきれいに整える。

それから気合を入れるために冷たい水で顔を洗い、身支度を整える。今日はシンプルな真っ白いドレスに着替えた。最初の派手派手しいドレスも似合っていたけれど、シンプルなドレスも似合うのだから美人はすごい。

そうこうしていると、扉がノックされる。食事である。

今日のご飯はなんだろう！　そう思うと自然にほころぶ表情はそのままに、扉を開けて仏頂面のクロードさまに挨拶をした。

「ク……クロードさま。これは……！」

「……食べたいと言っていただろう」

クロードさまが、テーブルの上に置いた食事に目線を落としてそう言った。

真っ白な具沢山のミルクスープと、分厚く切られたベーコンと生野菜のサラダ。それから厚く切られ、黄金色に焼かれているパンだった。

その金色に焼かれたパンの上に、とろりと流れる黄金色の液体がかけられている。

「蜂蜜をたっぷりかけたフレンチトーストだ。君が食べたいと言った以上、食べたくないと言われても……」

「食べます！」

クロードさまの気が変わらないうちに、急いで席についた。私の焦りようにクロードさまが若干引いている。

「ほ、本当に食べてもいいんですか？　食べてしまいますよ？　食べようとした瞬間取り上げるとか……」

「君は俺を何だと思っている」

クロードさまが心外だと言いたげに眉を寄せた。

「そんなことをするわけがないだろう。……おい、それは何の真似だ今すぐにやめろ」

思わずクロードさまに感謝の祈りを捧げようとすると、彼はとても嫌そうな顔をしたので慌てて止める。冷めないうちに、食べてしまおう。

ナイフで一口大に切ったそのフレンチトーストを、はちみつが一滴たりとも溢れないよう、慎重に口に入れる。

口に入れた瞬間、じゅわっと香りが鼻に抜け、濃い甘みが口の中に広がった。

「…………!!」

ものすごく、美味しい。こんなに美味しいものがあったなんて驚きだ。心の中に勝手に幸せが湧いてくる。

だけどそれ以上に、心の中をいっぱいにしたものは懐かしさだった。

『――ソフィアは食いしん坊ね。いいわよ、ひとさじね』

『これは材料じゃないの。甘いものを食べるとね、頭が働くの』

『ふふ、そうね。甘いものを食べると元気も出てくるわね。――ねぇソフィア、覚えていてね。世の中には元気を出してくれるものが、たくさんあるの。だからね、もしも悲しいことがあっても――』

少し低い優しい声が、耳に蘇った。

何度思い出そうとしても、うまくいかなかったのに。

「……ヴァイオレット」

クロードさまに静かに呼ばれて、顔を上げる。

「何故、泣いているんだ」

ひどく驚いた顔でそう言われて、私は自分が泣いていることを知った。

「すっ……すみません、甘いものを食べてうっかり幸せになってしまいまして……」

慌てて目をぬぐいながら弁解をした。クロードさまは更に困惑した表情で、「幸せで泣く……?」と呟いた。

「精神的に、元気に……あの、昔の、母のことを、思い出しまして……」

そう言った瞬間、唇が震えて更に涙がぼろぼろと溢れてきた。

ぎゅっと眉根に皺を寄せてきつく唇を噛む。一向に、止まらない。

私はなんてどんくさいのだろう。お母さまのお葬式が終わった後から、どんなに悲しくても泣けなかったのに。十三年も経ってから、今更泣くなんて。

しかも、人前でなんて。

「す、すみません……」

申し訳なくて泣きじゃくりながら謝ると、彼は少し間を置いて、「俺は何も見ていない」と言った。そして何も言わず、静かに部屋から出て行った。


頂いたはちみつを食べて、思い切り泣きじゃくるというとんでもない醜態を晒した私は、それでも残りのフレンチトーストを大切に味わい、すべての朝食を平らげた。本当にとても美味しい食事だった。私の中でこの塔の料理長は、いつか会ってお礼と愛を伝えたい一番の人である。

思い切り泣いてご飯を食べてすっかり元気になった私は、少し重い腫れた目で新しいお薬の試作に精を出していた。

いつもは働かない頭が、今日は人並みに働いているような気がする。

甘いものを食べると頭が働くのよという母の言葉通り、なかなか思いつかなかったアイディアがぽんぽんと浮かんでくる。甘味パワー、とてもすごい。

「セラチンの葉の煮詰め液とグルセルンの煎じ液を合わせた溶液は……うん、考え方としてはやっ

ぱり正解。あとは最適な硬さを見つけるために試作を繰り返して、融解する温度に違いが出るのかをチェックして……。実際に入れるものとの相性も大事。粉末と煮詰め液はどちらが……」

「……おい、ヴァイオレット」

「！」

驚いて振り向くと、そこにはクロード様が立っていた。もうお昼の時間だったのかと時計を見ればーー、もうお昼の時間よりも、半刻を過ぎていた。はちみつのおかげで、我を忘れていたらしい。

「ご、ごめんなさい。ノックの音も聞こえていませんでした」

「……いや」

クロードさまが少し眉を顰めて、私が格闘していた大量の小鍋に目を向けた。

ちなみにこの簡易キッチンは、薬作りに使う火をどうしても諦めきれなかった私が、渋るクロードさまに必死でお願いをして用意していただいたものだ。

その時の私のあまりの必死さに、クロードさまは「君に低姿勢で頼まれると気味が悪い」と、本当に心底気味の悪そうな顔をしていた。色々と迷惑をかけてしまって、クロードさまにはもう足を向けて寝られない。

「これは……何を作っているんだ？」

「はい！　これは、昨日のニールさまのお話を聞いて私にも何かできないかと思ったのですが、そもそも多くの食料問題の背景には食の不均衡があるのではないかと思いまして、それを解消するための一歩は何かと考えた時にやはり食料の保存と輸送の壁が……」

「……長くなりそうだな。食べながらでいい」

そう言って、クロードさまは二人分の食事が並んでいる席に目を向けた。

「……！　クロードさま」

「お互い見たい顔ではないが。日に一度くらいは、こうして一緒に食事をとるのもいいだろう」

正直俺は、君を稀代の悪女だと思っている

柔らかく煮込まれたホロホロのお肉が、口の中で甘く崩れた。

何が何だか私にはよくわからない、複雑で芳潤な香りが鼻に抜けていく。

「これも美味しいですね！」

「牛肉の赤ワイン煮か」

「赤ワイン……」

多分きっと他にも色々入っていてのこの味わいなのだろうけれど、大人の味わいに一気に赤ワインが好きになった。いつか原液で飲んでみたいものだと、うっとりと思いを馳せる。

「……そういえば君は、赤ワインが好きだったな」

「へえ、そうだったんですか」

じろりと私を見る視線に、下手な演技をやめろと言いたいのだろうと察して、私は「そうでした。

ついうっかり」と頷いた。

「だけどこの塔に来てから好きなものがたくさん増えてしまいました。中でも甘みの素晴らしさと言ったら……いつもよりも頭の働きが良い気がして。今日はまだまだ頭が働きそうです」

「真剣に何かを作っていたな。ニールの話を聞いて何やら思いついたと言っていたが」

「はい！　流通が容易で、腐りにくく、安価で病になりにくくなる食べ物があったら良いのではないかと思いまして」

そう言って私は説明を始めた。

「例えば口に入れた瞬間、えずいてしまうほど苦味の強いニガニガという植物があります。それから収穫量は多いものの、収穫時期が非常に短くすぐに腐ってしまうイダテンという植物もあります。しかし、どちらも非常に栄養価が高いんです。特に白いパンと一緒に食べるのがおすすめで……。なのでそれらの苦味などを、味わわずにすみ、腐りにくくする、密閉できる食用の容器を作りたくて」

「密閉できる食用の容器？」

真剣な顔で聞いてくださったクロードさまが、少し驚きを込めた顔で言う。

「セラチンの葉の煮詰め液とグルセルンの煎じ液を合わせた溶液を煮詰めたあと、冷まして乾燥させると、とても丈夫な固体ができるのです。完全に冷めきる前なら粘土のように形を自在に変えられます。食べても問題なく、温めるとさらりと溶けます。これは絶対に使えると思うんです。……実用までまだまだ時間はかかりそうですし、できたとしても今度は中身との相性など、諸々の課題はあるのですが」

なんなく飲み込めるほどの小さな容器を作り、その中に苦味の強い植物を入れれば味わわずにすむ。

また、食べ物が腐る原理はまだわかっていないけれど、イダテンに関しては空気に触れないようにすることが、腐らせない方法だということがわかってきた。

もちろん、こちらも本当に大丈夫なのか、しつこいくらいに確かめなければいけないけれど。

それに薬は精製方法で効果が強くなったり弱くなったりする。食材も同じで、干したり煮詰めたりなど調理法を変えれば、栄養を濃縮することができるかもしれない。そうなればきっと効果的だ。

「ニガニガもイダテンもセラチンもグルセルンも、この王都でもよく採れる野草です。つまりお金がかかりません！　材料費を抑えられ、軽くて運びやすくなれば、貧しい土地に暮らす方々にも手に入りやすい価格で届けられるのではないかと……」

「………」

クロードさまが難しい顔をなさっている。その表情を見て、急に自信が無くなってきてしまった。

「世間知らずなことを言ってしまったかもしれませんが……」

私がそう言うと、クロード様は少し考えこんだあと、重苦しく口を開いた。

「……もしも成功したとする。だが、国内にはまだ貧しい土地は多い。その適量を俺はよく知らないが、少なくともそこにいる者達全員に、充分行き渡る量となると自生しているものでは賄いきれないだろう。農民による栽培が必要になる。それからその容器とやらを大量に作りあげるための人件費や、大掛かりな設備も必要になるはずだ」

「そうですか……」

自分では良いアイディアだと思ったけれど、やはり私は世間知らずだった。

しょんぼりと肩を落としていると、「だが」とクロードさまが口を開いた。

「もしもそれがうまくいったとするなら、それは素晴らしい技術だ。実際もしそういったものができたなら、遠征に行く騎士団にも欲しい。俺にはあまり知識はないが、様々な分野に応用も利くだろうと予想できる。投資したい者は多いはずだし、食料問題は数年前に起きた飢饉から、我が国の大きな課題として認識されている。不可能ではない」

そこまで言ってクロードさまが「正直俺は、君を稀代の悪女だと思っている」と正直なことを言い出した。

「だが、この塔に来てからの君は……。いや、おそらく混乱する俺を見て楽しんでいるだろうことも、何か目的があって動いているだろうこともわかっている。俺の知る君はそういう人だ。しかしたとえ邪悪な動機ゆえだとしても、君が今話したその試みは、素晴らしい……尊いことだと、認めざるを得ない」

クロードさまはそう言うと、ふう、とひとつため息を吐いた。

「今の発言に関して、俺は君を尊敬する。ヴァイオレット・エルフォード」

そう言いながら、クロードさまは少しだけ微笑んだ。

――もしかして、これは、認めてもらえたのかな。

じわじわと頬がゆるむ。

胸のあたりがむず痒くて、嬉しいし恥ずかしい。

照れに照れている私を見て、クロード様が落ち着かないような、複雑そうな顔をしていた。

可愛かったからではない

クロードがヴァイオレットと初めて出会ったのは、両親に連れられて行ったエルフォード公爵邸での茶会だ。

自分より四つも下の六歳だというのに、妙な存在感を纏った少女だった。

「……お前が、最近ヨハネスと仲が良いと言うブラッドリー侯爵家の次男ね」

「クロード・ブラッドリーと申します。お会いできて光栄です」

礼をすると、彼女は目を細めて品定めをするかのような眼差しを向ける。

「騎士を目指していると聞いたわ。剣術の才もあると、陛下直属の騎士団長が自ら稽古をつけているとか」

「おお、ヴァイオレット様の耳にも噂が届いていましたか。お恥ずかしながら我が息子、才能に溢れているようでして……」

「相変わらずだな、ブラッドリー卿」

隙あらば家族を褒める癖のある父に、エルフォード公爵が苦笑する。

クロードは内心で父を恨めしく思った。いつもこの調子なので、最近では父と一緒の外出が憂鬱でたまらない。

そんなクロードに向けて、ヴァイオレットが口を開く。

「お前はヨハネスに仕えるの？」

「はい。そうしたいと思っております」

クロードの言葉にヴァイオレットが値踏みするかのようにすっと目を細めた。

「あのぼんやり王子に仕えるなんて。お前、」


ヴァイオレットの部屋を出てから自身の執務室に戻る途中、クロードはヴァイオレットと出会ったばかりの頃のことを思い出していた。

（ぼんやり王子に仕えるなんて犬死《いぬじに》決定だとか、騎士とはつまり国の犬、お前に犬の真似が務まるのかなどと言われたな）

傲慢な少女。

初対面での彼女の印象はそれだけだ。彼女の方も、大した反応も見せないクロードに「つまらない男ね」と鼻白んでいた。お互いの第一印象は、最悪だと言えるだろう。

しかしヴァイオレットの嫌みに反応しなかったことが陛下の耳に入り、何故か婚約者候補の筆頭としてたびたび彼女と共に行動しなければならないことが増えた。そして嫌でも、彼女の所業が目に入るようになる。

気に障った令嬢に手酷い言葉を浴びせ、夜会から退場させることは序の口だ。酷いときは家門に手を延ばし、破産寸前まで追い込むこともあった。

没落した家もある。

クロードの友人の家だった。友人の姉が夜会で、ヴァイオレットのドレスの裾を踏んでしまったことが理由だそうだ。

どうか執りなしてくれと、友人がクロードに地に頭を擦り付けたことを思い出す。

『無礼を働かれたら倍にして返さなければ、いつか必ず足を掬《すく》われるわ』

どうにか許してやってくれ、と頭を下げたクロードに、ヴァイオレットはそれ以上の言葉を発さなかった。

家の没落が、ドレスの裾を踏まれた無礼に見合うものだとは思えなかった。周りを見てもそのような仕返しをしている者は一人もいない。ヴァイオレットは悪女として名を轟かせ、その名を優雅に楽しんでいる節さえあった。

間近でそんな彼女の姿を見ているうちに、クロードはいつしか彼女を最低な人間だと決めつけるようになった。

(……そんな彼女に、母を思い出して泣く心があるとは思わなかった)

今朝、朝食を持っていった時のことを思い出す。

いつもは朝食を置いたらすぐに去るが、その時は嫌いなはずだった蜂蜜を、果たして本当に食べるのかと好奇心が働いた。

断じてフレンチトーストを目の前にして、目を輝かせるヴァイオレットの様子が可愛かったからではない。焦って喉に詰まらすのではと、身を案じたからでもない。

そしてクロードの目の前で、彼女はおそるおそるといった様子で蜂蜜がかかったフレンチトーストを一口食べた。目を見開き、幸せそうに頬をゆるめた後——ぽろぽろと、涙をこぼしたのだった。

(彼女が母を亡くしたのは……確か、五歳の時か)

彼女の母の噂は、クロードも聞いたことがある。とても美しい人だったそうだ。その淡い紫色の瞳からすみれ姫と呼ばれ、国中の男が彼女に夢中になったのだと。

慕っていた母の死を思い出したくないのか、ヴァイオレットは母が亡くなってから、花を連想させるものを厭《いと》うようになったらしい。

とはいえよもや蜂蜜も受け付けないとは、ヨハネスもクロードも思いもしなかったのだけれど。

(……母を亡くし、寂しかったのは本当なのだろう)

あの涙が、流石に演技から出たものではないとクロードは思う。もしも演技であったとしても、ヴァイオレットは自身の弱みを見せることを、この上なく嫌う女性でもあった。

そんな彼女が、まさかクロードにああいう姿を見せるとは思わなかった。

心配になって共に昼食をとろうと、彼女の部屋へと行った彼はまた驚愕し、混乱することになる。

ノックをしても応答がなく、まさかまた倒れているのではと声掛けをしてから部屋に入ると、彼女は真剣な眼差しで鍋の中で何かを煮て、手元の紙に何かを書きつけていた。

(どういうことだ。どう考えても専門的な知識を有している。慣れた手つきといい、一体……)

元々、聡明な女性ではあった。

しかしそれは相手の弱点を即座に見抜き、相手の言動を自分の都合の良い状況へと導いていく賢さだ。広い視野と頭の回転の速さ、洞察力の鋭さは天性の支配者と言えるだろう。

だが今日の彼女は、一つの真理を追究していく――本来彼女が持っている能力とはまた別の、研究者のような視点だったと、クロードは思う。

(頭の中がめちゃくちゃだ。――くそ、考えれば考えるほど、わからなくなる)

内心で悪態を吐く。

今から王宮へ報告に行かなければならないというのに、どう報告すれば良いのか。

(――きっと今日、彼女が作ろうとしているもののことを言っても。何を企んでいるのかを疑われて、あれらのものを取り上げるよう命じられてもおかしくないな)

部屋の中に火器があること自体、異例だ。

そのことをどう報告すれば彼女が疑われずにすむのかと考えた自分に気づき、クロードは舌打ちをする。これでは自分が、彼女を守りたいと思っているようだった。


カラスは白になり雲は黒くなるべきなのです!

日に一度、私に神学の授業をしてくださる神父さまは、大公閣下――王兄であり、ヴァイオレットさまの伯父である方が手配してくださったらしい。

ちなみに大公閣下は長子として生まれたけれど、魔術を極めたいという理由で若い頃に王位継承権を返上したのだそうだ。ものすごく強い魔術師で、王位継承権を返上する前は隣国との戦争を無血で勝利した英雄なのだとか。

この国に於いて長い間差別され弾圧されてきた魔術師にとって、大公は救世主として崇められているらしい。救国の英雄として国民からも人気が高く、何故長子である大公が王位を継がなかったのかと、そう嘆く声が多く聞かれたのだそうだ。

ちなみに姪のヴァイオレットさまも優れた魔術の使い手らしく、小さい頃から大公を魔術の師として仰ぎ、とても仲が良かったらしい。

しかし一悶着あって、ヴァイオレットさまは数年前に破門されたと聞いた。それでもこうして神父さまを遣わしてくださるあたり、とても優しい方なのだろう。


その大公が遣わしてくださった神父さまは、雨でも雪でも、毎日午後の一時に一秒たりとも遅れずにやってくる。嫌な顔一つせず、毎日笑顔を浮かべる彼はとても良い人だと思う。

少し……いや、かなり変わっているけれど。

聖典を朗読する彼を見る。

歳は三十歳頃だろうか。綺麗な顔立ちをしている。長い銀髪を一つにまとめて片眼鏡をかけた彼は、どことなく物憂げだ。

「神は言った。汝、人を殺すなかれ。人を傷つけるなかれ。人を貶めるなかれ。姦淫するなかれ。嘘を吐くなかれ。嫉妬するなかれ。…………ヴァイオレット様、私のお話を聞いてくださっているのですか……？」

「い、いえ！　まさか」

思わず前のめりで神父さまのお話を聞いていた私は、慌てて首を振る。

私の言葉に神父さまが悲しげに眉を下げ、右手で口元を押さえてうっと涙ぐんだ。

「お返事をしてくださったということは、私のお話を聞いてくださっていたということですね……」

「えっ、あの、たまたま、たまたまで、」

「あのヴァイオレット様がこの愚物の話を聞いてくださるなど……それほどこの塔の生活が過酷なのでしょう。なんと、なんとおいたわしい……」

神父さまが落涙する。

どうもこの神父さまは元々ヴァイオレットさまと面識があり、彼女に心酔しているようだ。

初対面の日、やってきた彼は私の顔を一目見るなり衝撃を受けた顔で「ヴァイオレット様の圧倒的な高貴さが……消えた……!?」と呟いた。

そのあとハッと我に返ったように慣れた所作で土下座をして、深く深く謝罪された。

一目で私に高貴さがないと見抜いたこの方なら、入れ替わりを信じてくれそうだ。入れ替わりを告白しなければと思いつつ、ヴァイオレットさま愛が強すぎる彼に告白するのが怖すぎて、言い出せないままでいる。

「本当に……誰よりも圧倒的な高貴さを持ち美しく聡明でその一声で世界中の人間を平伏させる威厳を持ったヴァイオレット様をこのような塔に閉じ込めるとは、陛下は一体何を考えているのでしょう。ヴァイオレット様が白と言えばカラスも白く染まり黒と言えば空に浮かぶ雲さえも黒に染まるべきだと言うのに」

何せ万事がこの調子なのだ。カラスは黒だし、雲は白のままの方が良いと思う。

「大体、私はヨハネス殿下が立太子していることにも納得がいきません！　次代の冠を被るにふさわしいのはヴァイオレ……」

「わー!!」

神父さまの言葉を大声でかき消す。不敬がすぎる。

このお部屋は防音がされていないし、部屋の扉の前には護衛の騎士さまが近くにいるのだ。

神父さまは私の大声にびっくりしつつも、「出過ぎたことを申し上げました……」としょんぼりと肩を落とした。

「しかしながら私も大公も、心より望んでいることです……大公がヴァイオレット様のお気持ちを知りつつ、破門されたのも御身を案じられてのこと。彼の方の真実を探るのは、まだ時期ではないと……」

「時期？」

突然私にはよくわからないことを言われて聞き返すと、神父さまはハッと青ざめて「私のような者がなんということを……」と流れるように土下座をした。

「えっ、ちょ、怒ってな……立って、立ってください！」

あわあわとしていると、間の悪いことにコンコン、と扉を叩く音がする。急いで引き上げようと神父さまの手を掴み引っ張った。神父さまは硬直しつつ、私の手の動きに合わせて立ち上がる。

一瞬の間があって扉が開き、入ってきたのはクロードさまだった。ギリギリでセーフだった。土下座をするところは見られずに済んだ。

「――まだ時間には早いが、急時だ。神父殿にはすまないが、今日はここで終わりにしていただきたい」

そう淡々と言うクロードさまが、しかし動揺したような眼差しで私と神父さまを見る。視線は躊躇いながら下に下りて、神父さまの手を掴む私の手に注がれているようだった。

カクカクと物も言わずに帰って行った神父さまは、耳まで赤かった。

中身は私だというのに、心底申し訳なくなってくる。聖典の嘘を吐いてはならない戒律にも反しているのではと、罪悪感に頭を抱えた。

「……神父殿とは仲が良いのか」

「え？　あ、まあ、そうですね……」

とりあえず曖昧に頷く。

「それよりも、急時とはなんですか？」

「あ、ああ。そうだ、今から王太子殿下がこちらにいらっしゃるそうだ」

「ええっ」

思わず目を見開く。王太子殿下は、引きこもりの私が生涯会うはずのない殿上人だ。そんな方がいきなりいらっしゃるとは。恐れ多くて心の準備ができそうにない。

「リリー・レッドグライブ伯爵令嬢も共に来るそうだ。良いか。くれぐれも、くれぐれも嫌みを言ったり平手打ちをしたり土下座させようとしたりしないでくれ。さすがに次は幽閉ではすまない」

次はということは、既にしているのだろうか。嫌みはともかく、平手打ちや土下座を。

予想より遥かにすごい所業に驚愕しつつ、私は何度も頷いた。平手打ちや土下座をさせた相手に、一体どんな顔で会えば良いのだろうか。

救いと言えば、クロードさまも一緒にいてくれることだ。ホッとしてお礼を言うと、彼はなんだか複雑そうな表情をした。

第三章

目が覚めたら投獄された悪女だった

百合の香

「――久しぶりだな、ヴァイオレット」

そう言って険しく眉根を寄せたヨハネス・デ・グロースヒンメル王太子殿下は、金髪に青い瞳を持つ、どことなくヴァイオレットさまに似た綺麗な顔立ちの方だった。

しかしながら、眠れていないのだろうか。

目の下にはうっすらと隈があり、瞳は微かに充血している。元の健康な状態を見ていないので何とも言えないけれど、顔色も悪いように見えた。

「王太子殿下におかれましては、ご機嫌麗しく……」

「……クロードが言っていた通り別人のようだな。投獄され、初めて自分のしたことがわかったのか」

私が一礼すると、冷ややかな声が頭上に降ってくる。顔を上げると先ほどよりも険しい表情で、何かを推し量るように私を睨め付けていた。

「もしくは何かを、企んでいるのか」

「殿下。そんな言い方をなさっては、ヴァイオレット様がお可哀想ですわ」

殿下の横に並ぶ、銀髪に金色の瞳をした女性が柔らかな声でそう言った。香水をつけているのか、清潔感を感じる百合の良い香りがした。

おそらく彼女がリリーさまなのだろう。たおやかに微笑んでいる彼女は、ジュリアの言う通り美しい方だった。

リリーさまの言葉に、殿下はいたわしげに眉を寄せて首を振る。

「リリー、君は優しすぎる」

「そんなことは……。ヴァイオレット様もこのような場所に投獄されて反省なされたのでしょう。私はもう気にしていませんから……」

「いや。あの場で私の婚約者である君を害した彼女は、私や王家に対して反逆したも同然なのだ。少し反省したくらいで許される罪ではないし、それに……彼女は、そう易々と反省するような女性ではない」

そうだろう？　と殿下が私に目を向ける。確かに、ヴァイオレットさまが反省していたら今私はここにいないだろう。

どう答えようか迷っていると、殿下が更に語気を強めた。

「……殊勝なふりをしているが口先だけでも謝れない。こういう女性だ。最近では薬師の真似事をしているようだな」

そう言って殿下は、私の調薬道具に目を向けたかと思うと、急に私の手首を掴んだ。

驚くほど冷たい手に息を呑む私に、探るような瞳で口を開く。

「何をしようとしている？」

リリーさまの移り香なのか、甘い百合の香が微かに香る。一瞬覚えた違和感に何だろうと考えていると、クロードさまが私と殿下の間に割って入った。

「殿下。獄内にいる者に対して、乱暴と取られかねない振る舞いは禁じられております。どうぞお心をお鎮めくださいますよう」

「……」

クロードさまの言葉に、殿下が眉根を寄せ、渋々私の手を離す。

「クロード。この女をよく見張っていろ。私も父上も、今まで彼女に甘すぎた」

「……は。かしこまりました」

殿下の言葉にクロードさまが一礼して答えた。リリーさまを促し、私に背を向けた殿下に咄嗟に声をかける。

「殿下、少々お待ちください」

「……何だ」

殿下が振り向き「謝罪する気になったのか」と答えた。

「いえ。手が、異常に冷たいようです。最近何か不調はありませんか？」

「は？」

虚をつかれたような顔をする殿下に、矢継ぎ早に続けた。

「目が充血していますし、顔色も悪いようです。一日に何時間程度眠っていますか？　三時間にも満たないのではないでしょうか」

「何を言って……」

「食事はとれていますか？　気分の不調は？　嘔吐や悪寒などは――」

「お前には関係のないことだ」

殿下がキッと私を睨みつけてそう言った。

「薬師の真似事をしているうちに、薬師にでもなったつもりか。生憎私の体調は王宮薬師長が診ている。お前の出る幕など一切ない。……大人しくしていろ、悪女め」

そう言って殿下は、困惑するリリーさまに声をかけて、今度こそ振り向くことはなく出て行ってしまった。

「……大丈夫か」

彼らの出て行った扉を見つめる私に、クロードさまが声をかける。何がだろうと思って首を傾げると、彼が躊躇いがちに私の手首に目を向けた。

「少し赤くなっているようだ」

「え？　ああ……」

掴まれた手首に、指の痕が残っている。といっても少し赤くなっているくらいで、痣になっているわけでもない。数分で消えるだろう。

「何でもありません。それよりも、助けてくださってありがとうございました」

私がそう言うと、クロードさまはどこか痛そうな顔で「悪かった」と謝った。

「まさか殿下が君に手を出すとは思わなかった。……最近は少し苛立たれることが多いと知っていたのに、申し訳ない」

「『最近生意気にも苛立っていることが多いわね』と」

「ああ。君も投獄される前に言っていただろう？　『最近生意気にも苛立っていることが多いわね』と」

生意気にも……？　とヴァイオレットさま節に戦《おのの》きつつも、不安が胸をよぎる。

「……でも殿下は、王宮薬師長……優秀な薬師さんに、診ていただいてるんですよね？」

「ああ。現在王宮に勤める薬師の中では一番だ」

「そうですよね……」

それならば殿下の仰る通り、私の出る幕ではないだろう。所詮私は、独学で薬術を学んだだけの引きこもりだ。王宮で一番だという薬師長の、足元にも及ばないはずだ。

……だけど。

「あ、あの、クロードさま。レシピをお渡しいたしますので、トネリコの葉や干したムクゲの葉などを煎じたものを、ほんの二掬い入れたミルクを殿下に差し上げることはできませんか？　決して変なものは入れませんし、実際に私も今目の前でお作りして、毒見も致しますので」

これは、お母さまの遺してくださった秘密のレシピの改良版だ。

どんな薬を出されていても飲み合わせに影響はないごくごく軽いものだけれど、気持ちを落ち着かせて安眠できる効果がある。

「……わかった。夜報告に伺う時、差し上げてみよう」

クロードさまが一瞬躊躇って、すぐに頷いた。

私は少しホッとして、もう一度「ありがとうございます」とお礼を言った。

いかがでしょうか

「ソフィア様、いかがでしょうか」

おそるおそると言った風情で、侍女のマリアがヴァイオレットに尋ねた。

無言で鏡の中のソフィアを眺める。緩やかに巻かれた紫色の髪は、身につけている水色のドレスとよく調和が取れ、華やかで清楚な雰囲気に仕上がっていた。

今日はソフィア・オルコットとして、茶会に出ることになっている。初めて他の家門の令嬢と会うのならば、服装はこれくらい地味な方が動きやすい。

「いいわね」

ヴァイオレットがそう言うと、マリアはほっとしたように深く礼をした。最初は要領が悪そうだと思っていたのに、意外や意外。彼女は割と細かなことによく気づく、気の利く娘だ。

（――二週間。ようやく、この娘の体も少しは見れたものになってきたわね）

鏡の中のソフィアを、もう一度まじまじと見る。

毎日希少な香油を使って手入れをさせたおかげで、髪や肌は艶々と輝き始めていた。

元々の顔立ち自体、多少間の抜けた地味な顔立ちだが――整っていると言って良いだろう。

（これなら、まあ。ギリギリ我慢できるかしら）

とはいえまだ、不充分ではあるのだが。

特に体型は貧相だが、ここは腕の良いデザイナーのドレス次第で映えるだろう。

（それよりも、そろそろあの節穴が様子を見に来ている頃かしら）

二週間。クロードから報告を受けたヨハネスが、別人のようになったヴァイオレットが一体何を企んでいるのかと、顔を出す頃合いだろう。

（あの娘が体調不良に気づく……ことは、さすがにないでしょうね）

いくらアーバスノットの血を引き、日々薬師の勉強を行っていると言っても、所詮は独学だ。腐っても王族として体調不良を悟らせない教育を受けているヨハネスから、初対面の娘が何かを悟ることは難しいだろう。違和感を覚えれば上出来だ。

元より今の段階で、あの男の体調に関して何かしてほしいなどとは思っていない。会ったこともない小娘に、直接指示もできない現状で望めることなど多くはないのだった。

（まあ、それで充分。——今のところはね）

働いてもらうのは、まだ先だ。

その報酬として、ソフィアの生活は今までより格段に良いものへと変えている。ここまでしてやったのだから、ヴァイオレットが頼むことにノーとは決して言わせない。

ぐるりと自室を見渡す。日当たりがよく広いこの部屋は、先日までジュリアが使っていたが、今はソフィアの部屋へと替えている。

ちなみにジュリアは元々ソフィアが使っていた物置部屋へと引っ越しさせてやろうかと思ったが、

あの部屋は一応ソフィアの私物がたくさんあることと、ジュリアがギャンギャン泣き喚いたので、少々揶揄《からか》っただけで許してやった。

今はどこかの空き部屋にいるはずだ。ヴァイオレットは、子どもには少し甘い。


あの初日。ヴァイオレットは前伯爵夫人が亡くなった月日と、ジュリアが生まれた月日を諳《そら》んじた。

本来姦淫はこの国では重罪である。特に病床に臥す妻を置いて生した子ならば一層、ジュリアは嫡出子としては認められないのだ。本来ならば。

しかしこのような話は巷《ちまた》にありふれていて、今やこの戒律は形骸化されている。普通ならば教会にこの話を投げ込んだとて、曖昧に微笑まれて調査もされないまま終わるだろう。

それを知っているイザベラは小馬鹿にしたように笑ったが、ヴァイオレットがソフィアの母の生家であるアーバスノット家の名前を出すと少し強張った顔をした。

ソフィアがアーバスノットの名前を知っているとは、思ってもみない顔だった。

『お前たちが大きな顔をしているのは、アーバスノットが動かないからよね。でも知っていて？　あの一族を動かすことなど、このソフィア・オルコットには造作もないことなのよ。もういい加減、お前たちの好きにさせることに飽きてきたの』

アーバスノットなら、教会のトップである大聖堂も動かせる。

『その証拠に先日、モーリス・グラハム・ホルトという銀髪に片眼鏡の神父が、なぜかこの屋敷に祝福を捧げに来たでしょう？　あの男はあれでも大聖堂で高い地位についている神父で、アーバスノットとはとても懇意にしているの』

元々顔見知りであるモーリスには、入れ替わる前に事前にオルコット伯爵家へ祝福を授けに行けと命じていた。

彼はヴァイオレットの言うことならどんな馬鹿げたことでも実行するような男で、少々鬱陶しいがこういう時にはとても役立つ。

嘘と真実を上手に織り交ぜて、ヴァイオレットは微笑んだ。

『それでも十三年一緒に暮らしたお前たちを、背信者として追い出すのも忍びないわ。だからまだアーバスノットに本当のことは伝えていないのだけれど……——そうね、私の言うことを聞くのなら、仲良く暮らしてやってもいいと思っているの。ああ、信じられないでしょうから、大聖堂に連絡を取ってもいいわ。けれど下手なことを言って藪をつついて蛇を出しては困るでしょうから——『モーリス・グラハム・ホルトという神父は、先日高貴な方に命じられて祝福に来たのか？』と聞くことをおすすめするわ』

ヴァイオレットの言葉に青ざめたイザベラは、そのまま本当に大聖堂に確認をとり、事実だと知ると唇を噛んだ。

その後、他にも諸々許されないような事実を突きつけ、彼女たちの精神は綺麗に折れたのではないかと思う。

それでもヴァイオレットに対して時たま敵意の眼差しを向けるので、元気があるのならと彼女たちには手や体を動かしてもらうことにした。

ジュリアには、二か月半後に必要となる刺繍入りのハンカチを、三百枚ほど作らせることにした。図案はヴァイオレットが考案したもので、やや複雑だ。日々出来上がるそのハンカチは、一枚一枚ヴァイオレット自ら確認し、出来の悪いものは全てやり直しをさせている。

イザベラに関しては、伯爵夫人の名に恥じない使用人の教育方法について学んでもらうことにした。初日のソフィアに対する使用人の態度を見る限り、伯爵夫人としての素養が足りないと言われても仕方ないわよね——と微笑むと、イザベラの顔はまた引き攣った。

子爵とはいえ、生まれながら貴族として受けてきただろう教育で足りないのならば、使用人として働き、使用人の気持ちを学んだ方が良いのではなくて？　と、今後のためにアドバイスを行った。

今彼女は使用人と一緒の部屋で寝起きをし、一緒に働いている。

一週間の予定だが、反応次第で延ばしてやるとして。

（残る一人は、オルコット伯爵家の当主ね）

この二週間、彼は領地に視察に行っていた。ちょうど今日帰ってくるとのことなので、彼との話し合いは今夜になるだろう。

（仕事ぶりは真面目だと聞いていたけれど——ろくでもない男でしょう。せめて論理的に判断してくれると、こちらは楽ね）

お前、笑い物の才能があるわね

オルコット伯爵家当主、マルコム・オルコットが帰宅したとき、屋敷の全ては変わっていた。

「お父様っ!!」

娘のジュリアが泣きながら抱きついてくる。今までも帰ってくるたびにまとわりついてくる娘ではあったが、こんな風に泣きついてくることは初めてだった。

「どうしたんだ、ジュリア」

疲れている。

妻であるイザベラに任せようと周りを見たが、彼女の姿は見えない。

煩わしさに眉を顰めかけたが――、ジュリアの訴えと、執事のジョージの説明を聞いて耳を疑った。

「何を言っているんだ。そんなバカな話が……」

「いえ、誓って真実でございます」

あのソフィアが、物置部屋から出てきてイザベラとジュリアを部屋から追い出し、屋敷を掌握しているという。

ジュリアは日当たりの悪く狭い空き部屋へと移され、イザベラに至ってはなんと一週間も使用人と一緒に寝起きしているのだと。

「あの女が私に刺繍しろって言うのよ！　三百枚なんて頭おかしいでしょ！　もういや！」

にわかには信じがたいが、二人の様子を見る限り本当なのだろう。

堪えかねて爆発したか。確かにソフィアには少し気の毒な環境だったが、こうして面倒を起こす前に一言、言ってくれたら良かったのに。

「……ジョージ。とにかく今すぐバカな真似はやめさせるんだ。ソフィアの部屋は前より多少マシな部屋に戻せば納得するだろう」

「それは……」

ジョージは、マルコムの言葉に躊躇いを見せる。

「一度ソフィア様と直接お話をされた方が良いかと」

「……面倒だな」

舌打ちしかけるマルコムに、ジョージがスッと紙の束を差し出す。

「なんだこれは」

「請求書です。――ソフィア様の購入したドレスや、宝飾品の」

「！」

請求書を乱暴に受け取り、中を見る。途方もない金額が、冗談のように使われていた。

こめかみを押さえながら、ソフィアの部屋につかつかと向かう。

「ソフィア！」

バン！　と大きな音を立てて乱暴に扉を開ければ、見慣れないドレス姿のソフィアがいた。

「……ノックもせずに。なんて失礼なのかしら」

冷ややかな蔑みの交じる声音に、マルコムは思わず声を失う。

（――これは、誰だ？）

父であり当主である自分に、虫けらを眺めるような眼差しを向ける少女は。

マルコムの知っている娘とは違う。顔を合わせるたび、何も言わずにそっと目を伏せるだけだった娘とは。

「淑女の部屋にノックもせずに入るだなんて、紳士の行うことではなくてよ。……ああ、お前に紳士を説くだけ無駄だったわね。山奥に潜む蛮族にでも説いた方が有意義というものだわ」

「なっ――……お前は誰に向かって口を利いている！」

思わず声を荒げる。いくら何でも、当主の自分に向けて良い言葉ではない。

「何よりこの請求書はどういうことだ！　勝手に部屋を移動したり、イザベラを使用人同然に扱ったり、お前は……一体何てことを！　それでも謝って反省するなら許してやろうと思っていたが、そういう態度ならばもう良い。お前にはもう、さっさと金持ちの後妻に入ってもらう」

「まあ……ふふふ。最近聞いた中で、一番笑える戯言《ざれごと》だわ」

マルコムの怒声に全く怯むことなく、ソフィアは目を細めて愉快そうに笑う。その微笑は自分が小瓶の中に閉じ込められたことに気づかない、愚かな鼠を眺めるような表情だった。

彼女はそのまま空いている椅子に手のひらを向けて、強者のような、余裕のある笑みを浮かべた。

「どうぞおかけなさい、マルコム・オルコット。楽しい話をしてあげるわ」

◇

「…………」

ヴァイオレットの話を聞き終えたマルコムが、絶句し言葉を失っている。

イザベラに語って聞かせた大聖堂の神父の話もそうだが、マルコムが一番衝撃を受けたのは、ソフィアが物置部屋で作っていた薬を、秘密裏に売っていたことだった。

「お前もアーバスノットの血を引く妻を迎えたからにはわかるわよね？　アーバスノットの薬は、王家の管理下にある。私があの物置部屋で作っていた薬は、お母様から受け継いだ処方を基に作っていたの。これを売っていたと知ったら――陛下はどうお思いになるかしら？」

そう微笑むと、マルコムは更に顔を青ざめさせる。

ヴァイオレットは入れ替わってから気づいたのだが、ソフィアは使用人からの勧めで、作った薬を使用人に託し、街の薬屋に売ってもらっていたようだった。

それで得た少ない金額で、薬草の種や壊れた調薬道具を密かに買ってもらっていたそうだ。せっかく得たお金を薬作りに使うところも、その金額が正当なものだと信じて疑わないところも、さすがはアーバスノットである。端的に言って愚か者だ。

「これまで何も知らない私は、使用人に勧められるままに売っていたけれど……まさかそれがお義母様、お前の後妻の差金だなんてね。ああ、私を黙らせようとしても無駄よ。私がお前たちの目をくぐって外とやり取りしていたことは、大聖堂の神父の話で分かったでしょう？　私の口をふさいでしまえば、お前たちの知らない協力者がどんな判断をするのか……たやすく想像できるのではなくて？」

そう言うと、ヴァイオレットはにっこりと微笑んだ。

「ドレスの一つも持たない娘が百や二百のドレスを買い、貴族夫人としての素養がない後妻を少しばかり教育し、出来の悪い異母妹に刺繍の手解きをしてあげたからと言って、何の問題もないことがお分かりいただけたかしら？」

そう言うとマルコムが、ギリリと歯噛みする。

「……確かにお前には、気の毒なことをしたかもしれない。しかしここまでの復讐を……」

「復讐？　まさか、こんなものが復讐になるわけがないでしょう？」

マルコムの言葉に、ヴァイオレットは呆れたように片眉をあげた。

「この程度で手打ちにできるとでも？　十三年の歳月はそんなに安いものではなくてよ」

「な……」

まさかまだ気が収まらないのかと言いたげに青ざめるマルコムに、ヴァイオレットは口を開いた。

「何もやらないわ。今のところは、ね。仕返しは、この私がやるべきことではないもの」

「…………？　では誰に。私に任せるということか？」

「お前って本当に笑い物の才能があるのね。何故お前が何かを決める立場だと思っているの」

自分はただ見ていただけの傍観者だ、とでも言いたげなマルコムにスッと目を細める。

自分が入れ替わってからの二週間。イザベラもジュリアも、彼へ手紙を送っていたはずだ。しかし彼は屋敷の状態を知らなかった。手紙を見ることすら疎かにするほど、家庭への関心がないのだろう。言葉の端々から、自分に迷惑をかけるな、煩わせるな、という気持ちだけが透けて見える。

（ろくでもない人間ね）

体が入れ替わった暁には、小娘に選ばせてやろう。破産させるか、罪人として処分するか。それとも小娘が味わった飢えと屈辱を全員に味わわせ、奴隷同然の生き地獄を強いるのか。

こんなものが復讐になると思っている時点で、ずいぶん舐められたものだ。

ヴァイオレットがイザベラとジュリアにしていることは、単に初日に自分に無礼を働いた報復に過ぎない。

「――ああそれから、二か月半後に、正式に社交界デビューをしようと思っているの」

苦々しくこちらを見つめる男に、微笑んでやる。それ以降にお前は地獄を見るのだと、心の中で呟きながら。

「場所はこのオルコット伯爵邸よ。エルフォード公爵令嬢も招待する予定だから、少しばかり豪華に整えさせてもらうわね」

表情が正直すぎるな

「やった……やった！」

小さな鉢にちょこんと実った黒い実を見て、私は喜びに両の手を握った。

目の前で実ったのは、なかなか実るのが難しいビタビタという黒い実だ。栄養がたっぷりで、鎮痛剤や熱さましの材料になり、煮詰めた汁には防腐効果があるとても素晴らしい実である。

今試作中の例の容器――カプセル《小箱》と名づけることにした――に入れたくて、先日苗を仕入れてもらったのだ。

そう。カプセルに入れたくなるほど、この実も食べることに向いていないようなのだ。

親指の爪ほどの小さな実なのに、一つ口に放り込めば大の大人の男でも悶絶するほど苦いのだそうだ。見た目は艶々と愛らしい実なのだけど……と一つ採る。

……いくら水を飲んでも苦味が口に残るほどというけれど、どれくらい苦いのかしら、と好奇心が湧いてきた。

――まだまだ夕飯には遠い時間。悶絶しても誰にも無様な姿を見られることはない。幸いにもこの牢獄は、牢獄らしからぬことに水が飲み放題なのである。

……一欠片だけ、試してみようかな。薬師たるもの、やはり何事も己の身で試さなくちゃね。

そう言ってビタビタをスプーンで半分に割り口に入れる。そしてお約束というか何というか、その瞬間扉がノックされた。

返事をしようとして――あまりの苦さに激しくむせた。

舌が大変なことになっている。知らなかったけれど、苦味はいき過ぎると痛みに似た刺激になるみたいだ。あとで絶対にメモを取ろうと思いつつも、吸う息すらも苦すぎて悶絶する。割と最悪なことになってしまった。これはもはや、毒と言っても差し支えがないかもしれない。

「――っ、おい、何があった」

咳き込みつつ涙目で水を飲み下す私に、いつの間にか入ってきたクロードさまが駆け寄った。

何でもないと誤魔化せば誤魔化すほど、クロードさまは「何があった？　誰かから何かをもらって食べたのか？」と険しい顔になる。

仕方なしに恥を忍んで説明すると、クロードさまはホッとしつつ、呆れていた。

「君は」

「はい……」

「少し愚かだ」

「おっしゃる通りです……うう、苦……」

肩を落としつつ、また悪あがきに水を飲んでお腹をたぷたぷにしていると、小さくため息を吐いたクロードさまが何やら美しい箱を取り出し、長い指がその箱をそっと開けた。

「口直しに食べるといい」

差し出されたそれを見ると、中には一口大の艶々とした茶色の塊が六個鎮座していた。

それぞれ種類が違うようだ。形は様々で、上には乾燥した果実のようなものがかかっている。何とも言えない甘い素敵な香りが鼻腔をくすぐった。

「これは……？」

「チョコレートだ」

「これが噂のチョコレート……うっ、苦……水……」

「まず、一度食べた方が良い」

呆れ果てたクロード様が、一粒のチョコレートを私の手のひらにのせる。おそるおそる口に入れた瞬間、『苦痛い』しかなかった味覚が、想像を絶する美味しい甘さに塗り替えられた。

その、美味しいことと言ったら。

「……！」

どんよりと曇っていた脳内に天使の梯子が現れて、そこから舞い降りた清らかな天使がラッパを吹き、喜びのセレナーデを奏でている。

——幻が見えそうなくらい、美味しい。

舌の上で、するするとなめらかに溶ける儚い食べ物かと思いきや、甘さは濃密だ。良い香りがして、本当に人の子が食べても良いものなのか不安になるほど美味しい。

感動している私に、クロードさまが静かな顔で「苦味は消えたか？」と言った。

「消えました……！　ありがとうございました！　こんなに……こんなに美味しいものを……」

「礼には及ばない。それは昨日の詫びと礼だ」

「詫びと礼？」

首を傾げると、クロードさまは殿下に腕を掴まれた詫びと、殿下に献上したミルクの礼だと言った。

「昨日、君のレシピ通りに作らせたものを殿下に飲んでいただいた。……いつもより、眠れたそうだ。礼を言う」

「よかった……！」

ちょっと安心したけれど、私がしたことは大したことではない。

それに何より、クロードさまがお詫びやお礼をすることではないのになと申し訳なく思っていると、クロードさまが「気にせず食べてくれ」と言った。

「君のために買ってきたものだ。食べないのならば捨てるしかない」

「そ、そんな……！　食べます！」

慌てて一つを口に入れる。

美味しさにうっすら涙ぐむ私にクロードさまは引きつつ、今食べたものは蜂蜜入りだ、これはいちごを練り込んでいる、これはオレンジの皮を……など説明してくれる。

なんという、痒いところに手が届く人なのだろうか。

「こんなに幸せで良いのでしょうか……私の生涯で最も幸せな時間のベスト3に入るはずです……」

「大袈裟な……」

クロード様がふっと目を細め、呆れたように笑った。

「世の中には美味しい甘味がたくさんあるだろう。舌の上で溶けるアイスクリームや、パイ生地とクリームを何層も重ねたミルフィーユや、それから……」

「夢のようですね……！」

見たことも聞いたこともない名前だけれど、絶対に美味しい。チョコレートは元々薬の材料なので知っていたけれど、私は甘味の名前にはとても疎いのだ。

思わず目を輝かせると、クロードさまが思わずと言ったように「ここから出たら……」と言いかけて、口をつぐんだ。

「いや、何でもない。それよりも、それが気に入ったならまた買ってこよう」

「……！」

「表情が正直すぎるな」

クロードさまがふっと笑う。この方はもしや騎士さまではなく天使さまでは……？　と思いながら、私はまたチョコレートに手を伸ばした。

この花を渡したくない

ヴァイオレットにチョコレートを渡した翌朝。

クロードはヨハネスに呼び出され、王宮にある王太子の執務室へと訪れていた。

「……クロードか」

侍従に通され部屋に入ると、机に向かって執務をしていたヨハネスが顔を上げる。

気取らせないよう柔らかな表情を浮かべてはいるが、彼の体調が悪いことをクロードは知っていた。

ヨハネスが侍従に目で合図すると、控えていた侍従が外に出る。クロードとヨハネスが二人きりになった瞬間、彼は疲れたように椅子に深くもたれた。

「体調はいかがですか」

「良くは、ないな」

そう苦笑するヨハネスは、精神的に参っているようだ。もしも以前のヨハネスならば、幼馴染であり気心の知れたクロードにさえ、こういった弱音は吐かなかった。

ここ最近の間、ヨハネスは体調不良に悩まされている。悪夢や食欲不振に加えて、最近では頭痛や嘔吐まで出てきているそうだ。

王宮薬師長が診ているが、これといった原因はわかっていない。おそらく精神的なストレス、そして過労だろうと言われている。

婚約発表の会に向けて忙しかったことや、その時のヴァイオレットが起こした事件で負担がかかったのだろう。

「とはいえ、お前が言っていたあのミルクを昨日も侍女に作らせた。幾分眠れるだけではなく、今日は体の痛みが少しはマシになったように思う」

「それは何よりです」

顔には出さなかったものの、内心で驚いた。良く眠れる効果のあるごく弱い薬だと、ヴァイオレットは言っていたと思ったのだが。

ヨハネスが何かを言いかけたとき、扉がノックされた。

白のドレスに身を包み、鮮やかな色彩の花束と、小さな袋を手に持つリリーだった。彼女の姿を見た瞬間、ヨハネスが顔を和らげる。

「あら、クロード様。おはようございます。ヨハネス様……体調は大丈夫ですか？」

「ああ。君の顔を見ると不思議と気分が軽くなる」

「まあ。ふふ、よかったです」

リリーが微笑みながら、ヨハネスに差し入れと言って手に持った袋を差し出す。どんなに体調不良の時でも、ヨハネスはリリーの作った菓子だけは食べていた。

「毒味係を呼ぶようにお願いしましたから、毒味が済んだら召し上がってくださいね。もちろん、私も一緒に頂きますけれど」

「誰も君を疑う者はいないのに……毒味係にだって君の作ったものは食べさせたくないな」

そう言うヨハネスに「いいえ、大事なお体ですもの。きちんとしなくては」とリリーが首を振り、クロードに憂いを帯びた眼差しを向ける。

「ヴァイオレット様のご様子はいかがですか？」

「変わりはありません」

「そうですか……あの気丈な方も、やはり牢生活はお辛いのでしょうね。あと二か月半、早く過ぎてくれれば良いのですが……」

そう言いながら、リリーが手に持っていた花束をヨハネスに見せた。

「牢の中には目を楽しませるものがないでしょう？　こちらをクロード様にお願いして、ヴァイオレット様のお部屋に飾っていただくことはできますか？」

「それは……」

ヨハネスが一瞬躊躇い、クロードも少し眉を寄せた。

ヴァイオレットは母を亡くしてから、彼女を思い出させるような花の類は全て拒否をしている。

疎遠の従妹、しかも婚約者を人前で辱めた相手とはいえ、普段のヨハネスならば兄妹のように育ったヴァイオレットの心の傷を抉《えぐ》るようなことは、けしてしない。

しかしリリーのどうしても渡したい、と言う声に逡巡した後、ヨハネスは迷いを振り払うように「わかった」と言った。

思わずハッとしてヨハネスの顔を見つめる。ヨハネスは、どこか曇った目でクロードに命じた。

「リリーの優しさを無下にするわけにもいかない。それをヴァイオレットに持って行け。その反応次第であの悪女も馬脚を露すかもしれん」

「殿下、それは」

「二度は言わない。……ああ、それから。エルフォード公爵家からヴァイオレット宛への伝言が届いている」

そう言ってヨハネスが、クロードに淡々とヴァイオレットへの事務的な伝言を命じる。

その後も何を言っても取り付く島のない主人に一礼し、彼はヨハネスの執務室を後にした。早く塔に向かわなければ、ヴァイオレットの昼食に間に合わない。

最近では嫌ではなかったその訪問に、鉛《なまり》を呑んだような気鬱さを感じるなどいつぶりだろうか。

（……そうだ、俺は。この花を渡したくない）

花が綻ぶように微笑む、今のヴァイオレットの顔が曇ることなど考えるだけで不快だった。

そう思って、クロードは騎士としてあるまじき今の自分を心から恥じた。

どうかしている。クロードは騎士とは、主君の命には何があっても従うものだ。自分が今任されている仕事とは、つまりはヴァイオレットの監視と処罰。絆《ほだ》されることなど、あってはならない。

あってはならない、のだが。

背筋に嫌な汗が伝う。手元の花を握りしめる。胃が炙られるような焦燥に駆られながら、クロードは塔に向かって足早に駆け出した。

君は誰だ

いつものお昼の時間よりも十五分ほど早く、クロードさまはやってきた。

「どうされたんですか？」

急いできたのか、心なしか息が上がっている。後ろ手に何か花束を持っているようだけれど、視線を向けた瞬間、私の視線を遮るように、花を持つ手を背中の方に動かした。

お花は意外と薬に使えるものも多いので、もしかしたら私に強奪されると思ったのだろうか……とちょっと切ない気持ちになりつつも、いつもより強張った表情のクロードさまに首を傾げた。

「気分が落ち着くようなお薬でもお出ししましょうか？」

「……いや、大丈夫だ」

そう言いながらも、やっぱり顔色は優れない。しかしクロードさまはもう一度大丈夫だと言って、また口を開いた。

「殿下から君へいくつか伝言を頼まれている。……今、話しても？」

「殿下から？　もちろんです」

「ああ、その前に……殿下が、君のミルクはよく眠れる他に体の痛みが軽減されたと言っていた。あれはよく効くんだな」

「体の痛み？」

驚いて思わず声を出す。殿下に体の痛みがあったことも初耳だったけれど、何よりあのミルクは快眠や精神安定作用が主な効能になる。鎮痛作用はごくごく僅かだ。軽い頭痛が消えるかどうかも怪しい。

「殿下は体の痛みがあったのですか？　どのような痛みで、他にどんな症状が……」

「それに関してはあまり詳しくは語れないが……後でまた、話をさせてほしい。それよりも、本題に入ろう」

そう言ってクロードさまが、真剣な、何かを見極めるような目を私に向けた。

「君は予定通り、二か月半後に釈放される」

「まあ……そうですか……」

わかってはいたことだけれど、とても悲しい気持ちで肩を落とす。

「ここから追い出されるのはとても悲しいですが……仕方ありませんよね」

「ここにいるのが君の罰なのだが」

「それはそうなのですけど、ここから出たらもうクロードさまにおはようとご挨拶することもなくなりますし、寂しくなります……」

それにもうあの美味しい食事たちに出会うことはないのだ。チョコレートももう味わうことがない。そう気落ちしている私を見て、クロードさまが何故か天を仰ぎ数秒目を瞑る。

そして気を取り直すように首を振り、また淡々と口を開いた。

「それから、公爵邸より連絡がきた。オルコット伯爵邸にて舞踏会が開かれるらしい。なんでも今まで社交界には顔を出さなかった長女が社交界デビューをするのだと。参加するならば俺を供につけろと、殿下から命令が下った」

「！！！？？？？？」

全く予想していなかった言葉に、言葉にならない言葉が出る。

「ど、どうした？」

「オルコッ……オルコット!?　長女と仰いましたか？　次女ではなく？　ソフィア・オルコットで

すか⁉」

「あ、ああ……」

「そ、そんな……！」

もしも入れ替わったのならば、確かにヴァイオレットさまが私の体に入っているはずで。だけど私の体である以上、きっと悪いことはできていないだろうな、大丈夫かな、この塔の中にいるうちは魔術的な何かが使えず、入れ替わりが解消できないのかな……そう、思ったりしていたのだけれど。

社交界デビュー。一体どうしてそんなことに。

あまり信じたくない事実にあわあわと震える私に、クロード様が「どうしたんだ」と狼狽する。

「オ、オルコットの長女は人が変わったようだと言われていませんか⁉」

「いや……最近茶会などに顔を出し始めたそうだが、噂通りのご令嬢だと聞いている。ああしかし……ご家族がかなりやつれたと聞いたような」

「！！！！？？？」

ヴァイオレットさま、凄すぎでは⁉　あの状態から⁉　どうやって⁉

「この塔から出たくない……！」

生まれながらにして人の上に君臨するヴァイオレットさまの底力に心の底から戦いて、私は膝から崩れ落ちた。

「⁉　ヴァイオレット⁉　ど、どうした⁉」

クロードさまが慌てて私を抱き起こそうと手を伸ばす。彼が手に持っていた絢爛《けんらん》な花束が見え、私は（わあお花がきれい……）と現実逃避をした。


「落ち着いたか？」

「はい。大変ご迷惑をおかけして……」

クロードさまが淹れてくれた紅茶を飲み、私はほうっと息を吐いた。驚きすぎてとんだ醜態を晒してしまった。私の人生の生き恥は、全部クロードさまに見られているような気がする。

「一体、どうしたんだ？」

「え、えっと、あの………久しぶりの舞踏会、緊張するなあと……？」

「……そうか」

咄嗟にそう誤魔化すと、クロードさまが硬い表情で深く何かを考え込んでいる。もしかしたらこれは久しぶりに「下手な演技をやめろ」と言われるかな、と懐かしさすら感じていると、彼は意を決したように手に持っている花束を私に差し出した。

「……レッドグライブ伯爵令嬢から、君に贈りたいと申し出があった」

「え？　私にですか？」

驚いてその花束を受け取る。真っ白で華やかな、ピオニーという名前の薔薇に似た花に、少し不釣り合いな野花であるアザミと、すみれの花がアクセントとしてまとめられていた。

「わあ、すごい……！　どれも冬に咲くお花ではないのに、どうやって手に入れたんでしょう」

まじまじと花束を見る。どれも春から夏の終わりにかけて咲くお花だ。季節はまだ、冬なのに。

「ありがとうございますと、リリーさまに伝えてくださいますか？」

平手打ちをし、土下座までさせたヴァイオレットさまに、リリーさまはなんという優しさを見せるのだろう。ジュリアの言う通り本当に天使だなあとほくほくする。いずれ何か、お礼を差し上げたいし、どうやって季節の違うお花を手に入れたのかもお聞きしたい。

「お花っていいですよね。綺麗で、食べられて、薬にもなって。この華やかなピオニーというお花は、異国では医薬の神の象徴とも呼ばれていますし、また別の国では王者の象徴とも呼ばれています。お花の部分はとても綺麗な上に、根は女性に優しい効能がたくさんあって……。それにこのアザミには様々な効能があるのですが、なんと育毛剤の材料にも……」

私がまた、つい効能について熱く語っていると、心なしか顔色を青くしているクロードさまが静かに口を開いた。

「……君は、その花が気に入ったのか？　すみれも？」

「？　もちろんです！　すみれは今の私の目の色と一緒ですし、親近感もあります」

それより、やっぱり今日は顔色が悪いのでは。

そう言おうとした私は、次の瞬間――またもや驚きに目を剥いた。

クロード様が何故か私の前に跪いたのだ。

「えっ、ちょっ、クロードさま⁉　い、一体何が……！」

「心から謝罪する。俺は何の咎《とが》もない君に、なんという事を」

「えっ？」

絶対私に土下座をしないだろうと安心していたクロードさまの奇行に若干泣きそうな私に、クロードさまが跪いたまま、何かを悔いるような表情で真っ直ぐに質問を投げた。

「そして、ひとつ聞かせてほしい。今俺の目の前にいる君は――、誰だ？」


「ソフィア」


「え……」

突然のクロードさまのセリフに戸惑っていると、クロードさまは「この塔で目を覚ました時には、すでに君だったんだな」と言った。

「ヴァイオレットは花を……特に、すみれの花を嫌っている。儚く散るだけの花に何の価値があるのだとも言っていた。……自分の瞳の色に似ているなどとは、決して言わない」

突然信じてもらえた入れ替わりに、私は目を見開いた。

驚いて戸惑う私にクロードさまは苦しげに眉を寄せた。

「すまなかった。もっと早くに君の話に耳を傾けるべきだった。急に知らない場所で、知らない人間に入れ替わり……わけもわからずひどく心細かっただろう君を強く責め、罪人として扱うという到底許されないことを、俺はしてしまった」

ものすごく、自分を責めていらっしゃる。

悔やんでいるクロードさまを見て、私は慌てて口を開いた。

「そ、そんなことはありません！　そもそも私は、罪人として扱われていましたか……？」

「……確かに君は何故か楽しそうだったが」

俺はきちんと法に則り、君を罪人として幽閉していた、と複雑そうな顔でクロードさまが言う。

なんだかその表情に、申し訳なさが湧いて出てきた。

「確かに最初は戸惑いましたけれど、食事は美味しいしクロードさまもお優しかったですし、薬草もたくさんご用意していただいて毎日充実していました！　全然心細くなかったですし、むしろ一緒にお食事したり薬作りに没頭できたり、とても楽しくて……」

むしろ牢獄生活をとても楽しんでしまって、なんというか罪人としては失格だったように思う。

そもそも罰がおかしいのだとは思うけれど……。

「だから気にしないでください、お願いですからどうか立ってください……！」

そう言って必死でクロードさまにお願いをする。彼はまだ跪き足りなさそうな顔をしていたけれど、渋々立ち上がった。


「……女性に名前を尋ねる前に、まずは改めて自己紹介をすべきだった。俺はクロード・ブラッドリー。ブラッドリー侯爵家の次男で、王太子殿下直属の第一騎士団の団長を務めている」

律儀にそう言ってくださったクロードさまに、予想通り高貴な方だったと思いつつ、私も淑女の礼をして自己紹介をした。

「私はオルコット伯爵家の長女、ソフィア・オルコットと申します」

「ソフィア……君はオルコット伯爵令嬢か」

クロードさまが納得したというように頷く。私がさっき取り乱した理由に見当がついたのだろう。

「ソフィア……ソフィア嬢。君の本当の名前は、そう言うのだな」

「あ、ソフィアとお呼びください」

私がそう言うと、クロードさまはほんの少し驚いたように眉をあげ、それから何故かおそるおそるといったように口を開いた。

「……ソフィア」

その呼び方があまりに優しかったので、少しだけ照れてしまう。こんなに大切そうに名前を呼んでもらえたのは、お母さま以外で初めてだ。

つい口元を緩ませながらクロードさまを見ると、彼は何故か口元を押さえている。

私の視線に気づくと彼はすぐに視線を逸らし、「すぐに殿下に報告しよう」と言った。

「俺と違って殿下は柔軟な方だ。きっと耳を傾けてくださる。そして君の体に入っているヴァイオレットを捕らえて、殿下自ら立ち会いの上事情を聴取する。そしてヴァイオレットには何とか元通りにさせよう。近いうちに、きっと君は元の体に戻れるはずだ」

「元の体に……」

クロードさまの言葉に、口元に手を当てて考え込もうとしたとき。

タイミングの悪いことに、ちょうど私のお腹が鳴ってしまった。

「……先に食事にしよう」

顔を真っ赤に煮立たせた私を見て、気遣うクロードさまが優しく微笑む。

穴があれば入りたいと言うのはこのことだと思いながら、私は「はい」と頷いた。


「……君は、そんな扱いを受けてきたのか」

クロードさまが怒っている。

一緒に食事をとりながら、「どうして伯爵家の令嬢なのに、最初床で寝たり品数の少ない食事をご馳走と言ったりしたのか」を尋ねられた私は、躊躇いつつも少しぼかして生家での生活のことを告げた。

母が亡くなり義母が来て、ジュリアが生まれてからは家族と距離があったこと。食事は家族よりも粗食で、自室が狭かったので薬草や試薬をベッドの上に置いていたこと。

あまり本当のことを話して暗い気持ちにさせるのも……と思って咄嗟にぼかしてしまったけれど、それでも正義感の強いクロードさまにとっては許せないことだったらしい。

お顔が怒っている。美形が怒ると迫力がある。

私は慌てて首を振りつつ、大丈夫です！　とフォローした。

「薬作りに没頭する時間がたくさんあったので！　結果オーライというか……」

「いや、人として最低な行いだ。到底許せることではない。……こうして身代わりで君に罰を受けさせているヴァイオレットのことも許せないが、こうして君の窮状を知れたことだけは……良かったと言わざるを得ない」

そう険しい顔のまま、「しかしそんな家族もやつれさせるとは……」とクロードさまが複雑そうな表情を見せた。私もそこには、完全に同意である。

「一体どんな魔法を使って社交界デビューをするまでに上り詰めたのか……そもそもなぜ社交界デビューなど」

その言葉に、一番初めに湧いた疑問が、また浮かぶ。

「……どうしてヴァイオレットさまは、私と入れ替わったのでしょう？」

最初は、私が引きこもりだったからだろうかと思っていた。私の噂を聞く限りでは、自由に好き勝手に生きていると思っていただろうし、引きこもりなら入れ替わりがバレにくいと思ったのだろうと。

だけどソフィア・オルコットは、最近外に顔を出し始めたのだという。そして二か月半後——私の釈放に合わせて、社交界デビューのための舞踏会を開くのだと。

それと同時に、腕輪に隠された手紙のこともよぎって、私はまた口を開いた。

良い草です！

「ヴァイオレットさまは本当に投獄が嫌という理由で、私と入れ替わったのでしょうか……」

「……何か他に目的があって、君と入れ替わったと？」

クロードさまが相槌を打つのに頷くと、彼は少し何かを考えるような表情で「どうしてそう思ったのか聞かせてもらえるだろうか」と言った。

「確かに、ヴァイオレットが殿下やレッドグライブ伯爵令嬢ではなく、面識のないはずの君と入れ替わったことに違和感はある。何より彼女なら入れ替わりという手段で逃げることは選ばず、牢獄を彼女の思いのままに過ごせる場所へと変貌させることを好みそうだ。……まあ、だから俺が監視役に選ばれたのだが……」

牢獄を思いのままに過ごせる場所へと変貌させる罪人とは、魔王か何かなのだろうか。

そんな人と私は入れ替わっているのか……と、入れ替わり後のことを考えて暗澹《あんたん》とした気持ちになりつつ、気を取り直して私は腕輪のはまった右腕を上げた。

「この腕輪に、おそらくヴァイオレットさまからの手紙が入っていたんです」

そう言って、腕輪の中に仕舞っていたその手紙を取り、クロードさまに手渡す。それを受け取った彼は一目見た瞬間に眉を顰めた。

「『お前に名誉を与えてあげるわ　その体を、傷一つつけずに守りなさい』……ヴァイオレットの字だな。なんて傲慢な文面だ……」

そう言うクロードさまにちょっとだけ頷きつつ、私は躊躇いながら口を開いた。

「不自然な言い回し、とまでは言いませんが……その『守りなさい』という言葉が少し気になって」

守ると言うのは、どちらかと言うと外部からの攻撃に気をつける、という意味が強い言葉ではないだろうか。

「……確かに俺がヴァイオレットならば、『その体を丁重に扱え』と言ったような言い回しをするかもしれないが」

「傷一つつけずに守りなさい、と命じるのは裏を返せば傷つけられる可能性がある、ということを伝えたいのかなと思ったんです。でも……ここを管理しているのはクロードさまですし、私は一度も身の危険を感じていないし……勘違いかもしれませんね」

話しているうちに自信がなくなり、クロードさまから目を逸らす。危ない目に遭う可能性があるのなら、危機察知能力が低いだろう引きこもりは選ばないような。

一瞬、不意に花瓶に生けたピオニーの花束が視界に入った。けれどあの花々はヴァイオレットさまが苦手としていても、傷つけるようなものではないだろう。

「ただどうして私を選んだのかがわからないのです。入れ替わりがバレにくいから、という理由で引きこもりの私を選んだのならば、一月《ひとつき》も経っていないのに茶会に出たりしないような……。社交界デビューというのは、もしかして私との入れ替わりを解消するために、私と会うための手段として必要なのだろうとも思いましたが」

私がそう言うと、先ほどから難しい顔でじっと何かを考えているようだったクロードさまが、静かに口を開いた。

「……俺は社交には、少し疎い。しかしオルコット伯爵家の長女が薬師の名門、アーバスノット侯爵家の血を引いていることは知っていた。ヴァイオレットなら尚更、もっと知っていることが多いはずだ」

「アーバスノット侯爵家？」

「そういったことも知らされてなかったのか」

クロードさまが目を見開き、私のお母さまの生家だというアーバスノット侯爵家について説明をしてくれた。

「代々王宮薬師長を輩出する名門の家だ。現当主……君の祖父もそうだった。今から二十年ほど前、まだ三十代前半という若さで引退してしまったらしいが、現在でもその腕を揮い、新薬を発表していると聞く」

「まあ……」

自分の祖父が何やらとてもすごい人だったという事実を知って驚きに目を見張る私に、クロードさまは「アーバスノットは全ての情熱を薬作りに向ける。——その血を引く者は、侯爵の他にはもう、君しかいないはずだ」と言った。

「アーバスノットの血を引く人間が作る薬は、その効果や効能に拘らず例外なく王家の管轄になる。

……そう決められるほどに、薬師の天才の家系だと。俺はそう聞いている」

「そ、そうなんですか……！　って、あの、王家の管轄と仰いましたか？」

「そうだ」

「………と、いうことは私の作った薬も……？」

「もちろんだ」

そうなると。私、王家の管轄の薬をこっそりと使用人に頼んで売ってもらっていたことになるような……？

気付いた事実に冷や汗をかく私に、クロードさまが「ヴァイオレットが敢えて君を選んで入れ替わったというのなら、おそらく君の血筋を見込んでのことだろう」と言った。

「――もしも狙われるのなら、おそらくは毒。そう思ったのか……？　いや、しかし……」

そうクロードさまがまた何かを考え込んで、花瓶の花に目を向ける。

「……ちなみに、あの花に毒性の類はないのだろうか。踏みつけたり燃やしたりしたら毒が出るとか、そう言ったことは」

「踏み……⁉　いえ、そういったことは全くありません。どれも素敵な薬の材料に……あ、もちろん薬は取り過ぎれば毒にもなるのでそう言った面では毒物と言えないこともないですが……」

副作用はどんな薬草にも、いや、どんな食べ物にも少なからずはある。あの花々の副作用とか、何か良くない類の情報は……と思い出して、私は「あ」と呟いた。

「強いていうならアザミには少し怖い花言葉があるかもしれません。『報復』や『触れるな』と言った類の言葉が」

「報復？」

クロードさまの目が少し剣呑な色に変わる。アザミに対しての熱い風評被害になってしまったかもと、私は慌ててアザミの弁護に走った。

「あのチクチクがそのような花言葉を想起させてはいますけれど、アザミは良い草です！　新芽も根っこも美味しいですし、とても良いお薬になるのですよ！　いつかクロードさまに育毛剤が必要になった時は作って差し上げ……」

「待ってくれ」

少し心外だと言いたげな顔をしながら、クロードさまが「知りたいことがある」と言った。

「毒味係が食べても異常はなく、対象物を調べても毒性が出ない。――そんな毒は、存在するだろうか？」

「異常はなく、毒性が出ない毒？」

目を瞬かせて聞き返すと、クロードさまは真面目な顔をして頷いた。

「症状は悪夢や食欲不振。体の痛みに、頭痛や嘔吐。その体調不良のせいもあるだろうが、決して人前で感情的に振る舞うことのなかった方が、苛立ちを露わにすることが多くなる。そんな毒があるのかが知りたい」

「それは……」

クロードさまが頷いた。

「王太子殿下の体調不良。あれは、何か毒物の類ではないだろうか」

三つの違和感

「……可能性は、ゼロではありませんが……」

クロードさまの言葉に、私は眉根を寄せて考えた。

「正直に言って……わかりません。実際に殿下から症状をお聞きし、怪しいと思われるものを検分しなければ」

「……確かに、それはそうだろうな」

「何か心当たりがあるんでしょうか？」

私が首を傾げるとクロードさまが悩ましげに眉を寄せた。証拠もなく、直感だけで疑いを口にすることを躊躇っているようだ。

改めて真面目な騎士さまだなあと思っていると、クロードさまが「あくまでも俺の勘だが」と重そうな口を開く。

「俺は三つ、違和感を抱いている」

そう言ってクロードさまが、指を一本立てる。

「まず、ヴァイオレットが婚約発表の場で殿下とレッドグライブ伯爵令嬢に暴挙に出たこと。通常の彼女ならばどんなに激昂しても、そのような振る舞いはしない」

あ、やっぱりそうなのか、と少しホッとした。人を平手打ちして土下座をさせるなんて酷すぎる。もしも私の体でそんなことをされていたら泣くしかないので、思ったよりもヴァイオレットさまに人の心があったことに安堵したのだ。

しかし安堵も束の間、「彼女ならもっと狡猾《こうかつ》に、相手の精神を砕き折る道を選ぶ」と言われて真顔になる。泣く準備を始めた方が良いかもしれない。

「そんなヴァイオレットがそこまで我を忘れるほどの怒りを覚えた理由が何なのか、俺も含めその場にいた誰もがわからない」

そう嘆息したクロードさまが、「次に二つ目」と指を二本立てた。

「王宮薬師長の見立てでは過労とストレスということだが……違和感があるとしか言いようがない。殿下は元々、体も心も強いお方だ。時折瞳に力がなくなることも気になる。……しかしここは、薬師の知識がない俺の思い違いかもしれない。そして……」

躊躇いつつも、クロードさまが「三つ目は」と口にした。

「……レッドグライブ伯爵令嬢は殿下に、毎日のように手作りの菓子を差し入れている。ただ彼女は菓子だけでなく、飲み物などにも万が一のことがあってはならないと毎回必ず毒味役を頼んでいるし、自分も同じものを毎回食べているから……これは違うだろうな」

花とヴァイオレットの行動を結びつけてつい疑ってしまった、とクロードさまは自分を恥じているようだった。

「しかしヴァイオレットの行動に何かの目的があるとしたら、君のその薬師の才を見込んだのだろうとは思う。しかし、ヴァイオレットは直接会ったことのない人間の才能を盲信する人間ではないから、他に目的があるのか……」

「ヴァイオレットさまにしかわかりませんね……」

けれど、これだけはわかる。

「もしも殿下に毒が盛られたと仮定して。きっと犯人か犯人の手の内の者は、殿下の側にいるはずです。王宮薬師長の目を誤魔化せるほどの知識を持つ薬師を抱えているのか、もしくは……」

「王宮薬師長も懐柔しているか、だな。どちらにせよ、かなりの権力を持った人物に違いない」

そうクロードさまが頷く。

「もしも私とヴァイオレットさまが入れ替わったと殿下に申告したら、きっとその方の耳に入りますよね」

「その可能性は高い」

ヴァイオレットさまの手紙の引っかかる文言を考えて。

もしもの身の危険——私とヴァイオレット様、双方の体の危険を考えて、私とクロードさまは話し合った末にあと二か月半。もしくは問題が解決するまで、このままでいることにした。

ここにいれば、私——ヴァイオレット様の体は間違いなく安全だ。

それにここならクロードさまの承認があれば薬に関する全ての材料が手に入る。あのミルクが少しだけ効いたということだから、そこから考えられる毒物や不調の原因を探り、微力ながらに体調改善の手伝いができるはずだ。

「君にこの塔の中にいてもらうのは心苦しいが……」

「とんでもありません！　むしろ嬉しいです！」

申し訳なさそうなクロードさまに全力で首を振る。

私は内心、ものすごく安堵していた。

殿下の体調不良ももちろん気になるけれど、例のカプセルの実験も、おそらくオルコットの家ではできないだろう。現在進行形で問題を起こしまくっているであろう私《ヴァイオレットさま》――きっと、二か月半後の社交界デビューを終えたらすぐに嫁がされることになる。

もう十六歳。少し早いけれど、家のために嫁いでもおかしくない年齢だ。

夫となる人がどういう人物なのかはわからないけれど。結婚したらきっと、薬作りばかりすることは許されない。

そう考えると、こうして薬作りに没頭できるのもあと二か月半しかないのだ。なんとしてもこの期間内に殿下の体調不良の原因を見極めて、カプセル作りまで終わらせたい。

「あと二か月半。私――、お薬作り、頑張りますね！」

そう闘志を燃やす私に、クロードさまは一瞬驚いたように目を開く。そうしてふっと、「頼りにしている」と優しく微笑んだ。

薬作りは一日十二時間まで

二か月半が過ぎるまで、もしくは殿下の体調問題が解決するまでこの塔に残ることに決めた私は、意気揚々と薬作りに精を出していた。

食事はきちんと毎食頂いていたし、自分では気力体力ともに充実した素晴らしい日々を過ごしていたと思ったのだけれど、少しばかり張り切りすぎてしまったらしい。

「……君の行動を制限するつもりはないし、薬作りは応援したいのだが」

クロードさまが眉を寄せ、困り果てたような表情を見せた。

「しかしながら、薬作りは一日十二時間までとしてほしい」

三徹を超えたあたりで、クロードさまからそう言われてしまった。一日は二十四時間もあるというのに、少し短すぎるのでは……？　とお願いをしたけれど、彼は首を縦には振らなかった。

むしろこれでも少し妥協していると言う彼に、思わず唇を尖らせる。眠さの限界を通り抜けた先に、頭がよく働く時間があるというのに。

そんな私にやはり困ったような顔をしたクロードさまが、口を開いた。

「君が充分な睡眠をとるならば、俺は毎日君に美味しい菓子を持ってこよう。——実は今日、チョコレートを用意している」

「……！」

「明日は、バニラアイスを乗せた焼き立てのアップルパイを持ってくるつもりだ。甘く煮た林檎を包んで焼き上げたパイに、凍らせた甘いクリームを乗せて食べるのだが。……多分君は、とてつもなく好きだと思う」

「……!!」

薬作りと甘いものを脳内の天秤にかける。ゆらゆらと拮抗しているそれに悩む私に、クロードさまは「三徹をするよりも、甘いものを食べて十二時間没頭した方が捗《はかど》るのではないだろうか」ととどめをさした。

というわけで、私は一日十二時間だけ薬作りに精を出すことになった。

ちなみにこの話し合いのあと、たっぷり八時間ほど眠ってしまった。すっきりとした頭で食べる起きぬけのチョコレートの美味しさは格別だった。五臓六腑に染み渡るとは、まさにこのことを言うのだろう。

そして薬作りをすることのない手持ち無沙汰の時間に、クロードさまは私に塔の中を案内してくれると言った。

人目があるので勝手に出てはだめだけれど、クロードさまと一緒なら、塔の中であれば一緒に出ても良いと言う。

引きこもりの私は、基本的にはこの広い部屋の中から出られなくても苦に思ったことは一度もない。けれど部屋から出てもいいのならと、常日頃幸せを与えてくれる料理長の元へお礼を伝えにいきたいとお願いしたのだ。

クロードさまはちょっと驚いた後、少し考えて「わかった」と頷き、早速厨房へと連絡をしてくれた。怯えられないよう、お詫びとお礼の気持ちをしたためた分厚い手紙も渡してもらえたようだ。

これならばきっと、にこやかな会話ができるに違いない。

そんな気持ちで意気揚々と厨房に向かった時、たまたま休憩だったというニールさまとばったり会った。

「ヴァイオレット様！」

ニールさまが驚きに目を開き、すぐに笑顔を見せてくれた。

今のところ、入れ替わりのことはニールさまにも伝えていないそうだけれど、先日食事をした後から彼は私に少し好意的だと聞いている。

嬉しいなあと思いつつ、私が挨拶をしようと、口を開いた時だった。

「ニールさま、おひさしぶりで……⁉⁉⁉」

ニールさまが、跪いて頭を垂れたのだった。

まさかニールさま。あなたまで。

「な、な、何がッ……⁉　どうしたんですか⁉」

不意打ちで跪かれてまたもや挙動不審になる私に、ニールさまは跪いたまま口を開いた。

「あなたの言う通りに、東の国の病気や食養生に詳しい医師に診てもらったところ——、あなたの見立て通りでした。若者の間で流行していた白いパンを黒いパンに替えるよう推進し、病人に豚肉や雑穀を贈ったところみるみる良くなって……本当にありがとうございます。あなたは我がドノヴァンの民の恩人だ」

「！　回復されましたか！　それはよかったです……！」

ニールさまの言葉を受けて胸を撫で下ろした。ずっと彼の領地が気になっていたのだ。

それにしてもすごいのは、ニールさまだ。

何といってもヴァイオレットさまの体に入った私の言葉を信じて、東の国の病気や食養生に詳しいお医者様をすぐに手配するなんて。疑う気持ちも大きかったろうに、それほど領民に対して心配する気持ちが強かったのだと思う。

「本当に、あなたにはもう頭が上がりません」

説得してようやく立ち上がった彼の言葉に「ニールさまがすぐに動いたからですよ」と言うと、彼は少し驚いた顔をして、少し笑った。

「……この先、この塔から出たあなたが元の場所に戻っても。ドノヴァンの民はあなたに感謝を忘れないでしょう」

そう言うニールさまが綺麗な顔で笑う。本当に心から言ってくれるような言葉に、心がほんのり温かくなった。

クロードさまに続いて、二人。本当に仲良くしてくれる人が現れた。

これなら、きっと料理長とも仲良くなれるはず……！

その後そんな気持ちで厨房に行ったところ、料理長には悲鳴をあげられてしまったのだけれど。


クロードさまに入れ替わりを知られて薬作りに没頭するようになってから、変わったことがもう一つある。

「ヴァイオレット様……！　最近はほんのわずかに、いつもの調子を戻されたようで……！」

私に教義を教えてくださる神父さまの反応だ。

入れ替わりのことは、私とクロードさまだけの秘密にしよう。少なくとも、外部には絶対に漏らさないように。

そう決めた私とクロードさまは、外部と行き来できる人の前では極力ヴァイオレットさまらしく振る舞うことにした。

ちなみにこの塔にいる使用人や騎士さまは、役職のあるクロードさまやニールさまを除いた全員が、私が投獄されている三か月間、この塔からの外出や外部との接触を禁じられているらしい。

昔この塔に閉じ込められた貴人たちがよく暗殺された故にできた決まり事らしく、その分とっても高いお給料が保証されるのだという。

なので毎日大聖堂という教会からやってくる神父さまにも、極力ヴァイオレットさまらしく振る舞うようにした。

とは言っても一人称を「この私」、相手を呼ぶ時は「お前」にするという、クロードさま曰く『ヴァイオレット節の初歩の初歩』だけでも心にダメージを負ってしまうので、もっぱら無口になってしまっている。

しかしながらこれは、ヴァイオレットさまらしい態度だったようだ。

「ヴァイオレット様は普段私に対してご用事がある時にしか口を開いてくださいませんからね。そのため、先日ある貴族の家に祝福を授けにいけと言われた時は嬉しくて……。それはもう念入りに執拗に、祝福をかけさせていただきました」

そうにこにこ笑う彼に、思わずほろりとくる。

「それに最近では以前のように私のお話もあまり聞いてくださってはいないようですし……本当に安心致しました。この塔に来られてからのヴァイオレット様は大変様子がおかしかったですから。大公も塔にいるヴァイオレット様を心から心配なさり、何度もご様子を聞かれましたが、私、本当のことは言えませんでした」

心からの笑顔を浮かべてそう話す彼に、良心が咎めるような、「それは良かった……」と言いたくなるような、とても微妙な気持ちになる。確かに最近の私は、神父さまのお話を完全に上の空で聞いていた。

元々は楽しく神父さまのお話を聞いていた私だけれど、二か月半という制限がある今、私の頭の中は申し訳ないことに薬のことでいっぱいなのだ。

今日も神父さまのお話を聞きながらついうっかりと、窓辺に咲く赤いナンディナの実を見ては

（温めると解毒作用。それに食物を腐りにくくする効果もあるこの実なら殿下のお薬にもカプセルにもどちらにも使えるのでは……）と考えこんでしまっていた。

早く試したくてうずうずして、ハッと我に返り申し訳ないことを……と反省していたところだったのだけれど。

「それがヴァイオレット様ですよね」と、神父さまは慈愛に満ちた良い笑顔で言いながら、滔々《とうとう》とヴァイオレットさまへの愛を語り始めた。

「人より少しばかり頭脳が良く、驕《おご》り昂っていた私が取るに足りない虫けら風情に過ぎなかったと教えていただいたのは今から十年前のことでしょうか。本来であればどれほど賢くても決して神父になれるはずのなかった私が大公のおかげで大聖堂の神父になれた、そのお礼とご報告を申し上げに行ったその時に私はヴァイオレット様と出会ったのです。大公と仲睦まじく魔術の修行をなさっていたヴァイオレット様は八歳にして既に溢れる王者の貫禄をお持ちになり強い魔力が満ちた紫の瞳には誇りと威厳が兼ね揃えられ……しかしながら驕りで目が曇っていた愚かな私にはヴァイオレット様の尊さを理解することができず不遜にもお二人の修行中に話しかけてしまい、大変憤られたヴァイオレット様に自分の何たるかを教えていただきました。感謝しています」

詳しくはわからないけれど、感謝すべきことではない気がする。

神父になれるはずがなかった、という言葉になぜだろうと気になりつつも、私は大切な思い出を反芻しながら微笑んでいる神父さまを見て、どうしようかと途方に暮れた。

「それまで大公閣下と神にのみ忠誠を捧げた私でしたが、あれ以来私はすっかりお二人に心酔しております。圧倒的な力を恐れてしまう愚かな人類にとって昔は恐怖の対象でしかなかった魔術師が今こうして万人に憧れられているのは戦争で誰一人傷つけずに勝利した大公の偉業と度量の為せる業であり、そしてヴァイオレット様が大公に勝るとも劣らない魔力と王位継承権をお持ちでいるのは間違いなく神の思し召しだと私は感じております。ですから私はヴァイオレット様がこの塔にいるのは許しがたく、なぜならヴァイオレット様の仰ることなさることは絶対的に正しいのであってそれを裁ける人間というのはこの世には存在せず、いやもはや神ですらあなた様の行動を裁くということは……」

「おっ、お黙りなさい！」

「申し訳ございません！」

完全に不敬を超えた言葉に慌てて止めると、神父さまはすぐに口をつぐんで土下座の体勢に入りかける。予期していたそれを既のところで止められた自分を内心で褒めながら、私は神父さまに塔の中にいる間、私《ヴァイオレットさま》に関する話題は一切禁止だと神父さまに告げた。

『君の』功績だ

月日が経つのは速いもので、私が投獄されてから二か月が経った。

結局、私はあれから一度も殿下と会えていない。

クロードさまを介して分量や配合を変えたミルクを差し上げて、その様子を聞いては何かの病気なのか、何かしらの毒なのかを推測するという、到底無謀な診察もどきを行っている。

ちなみにミルクは、クロードさまのおばあさまの知恵袋ということにしているらしい。とても物知りな方らしく、今は遠方の領地で暮らしているのだとか。

というわけでこの二か月、差し上げてきたミルクとクロードさまの話から察するに、トネリコやホワイトセージの二つが殿下の症状にはよく効くようだった。

特に解毒作用があるわけではないこの薬草で楽になるとは、一体原因が何なのかわからない。殿下の症状とこの薬草の効能がどうしても結びつかず、私は自分の力不足を痛感していた。

「それでも君のミルクを飲んでから、殿下の体調は随分よくなっている」

今日もおやつを持ってきてくれたクロードさまが、私に慰めの言葉をかけてくれた。

日に四度は思うけれど、クロードさまはとても優しい。そして褒めて伸ばすタイプのようだ。さっきも薬作りに夢中になり、彼の訪れにしばらく気付かなかった私が慌てて謝ると「それだけ集中していることが頼もしい」と褒めてくれた。なんという人間ができた方なのだろう。

しかし私が大きな成果を出せていないことには変わりがないのだった。

「そうでしょうか……」

まるごとのいちごが入ったゼリーのつるんとした清涼な美味しさに舌鼓を打ちつつ、私はほんの少しだけ落ち込んで答えた。落ち込んでいる時にも美味しいのだから、本当に甘味というものはすごいものだ。

「王宮薬師長でもできなかった症状の緩和を、君はできたんだ。素晴らしい手柄だと思う」

「いえ、元々不眠に効けば良いとご提案しただけなので……怪我の功名みたいなものなので、お手柄というようなことでもない気がします」

私がそう言うとクロードさまは少し眉をひそめて、「前から思っていたのだが」と不満そうな声を出す。

「君は自分が成し遂げたことについて無頓着すぎる。もう少し自分の成果を、まっすぐにありのまま認めるべきだ」

ドノヴァンのこともそうじゃないか、とクロードさまが渋い顔をする。

「君は礼を言うニールに『ニールさまがすぐに動いたから』と言った。確かに君の言葉を聞いてすぐ行動に移したニールは偉い。だが、君の助言がなければそもそもその行動はできなかった」

「え？　でも、あれは食養生に詳しい方が見たら、私でなくてもすぐにわかったと思います」

「しかし実際に助言をしたのは、君だ」

クロードさまがそう真っ直ぐに私を見るので、少し困ってしまった。

私はただ自分が知っていたことを話しただけで、実際にドノヴァンの民を救ったのはニールさまだし、殿下の症状が和らいだのも、偶然差し出したミルクが少し効いただけだ。

こういう些細な偶然を、自分のお手柄と言うのは居心地が悪い。

そんな私の気持ちが伝わったのか、クロードさまはますます眉を寄せている。少し居た堪れなくなりつつゼリーを食べる私に、ため息を吐きながら「それに」とクロードさまは言った。

「何より君は、あのカプセルを作り上げた。――まさか二か月足らずで作り上げるとは、本当に驚いた」

「！　本当によかったです、あれはクロードさまが良い材料を手配してくださったおか――」

「『君の』功績だな」

「……ハイ」

思わずお礼を言おうとした私に、クロードさまが圧のある笑顔を向けるので思わずカタコトになって頷く。確かにこれに関しては頑張ったと思うけれど、クロードさまがいなければ作ることができなかった。それくらい、色々な材料で試行錯誤を繰り返したのだ。

机の上に置いている小さな小瓶を見る。中には深い碧色が透ける、艶めく小さなカプセルと、鮮やかな赤紫色のカプセルが何粒も入っていた。

この碧色は、ニガニガの濃縮した煮詰め液を入れたもので、赤紫色はイダテンを乾燥させ粉状にしたものが入っている。

入れ物となるカプセル自体は割合すぐにできたものの、この中身を作り上げるのに、本当に苦労した。

まずニガニガの濃縮液は、カプセルに中身を詰めるのがとても難しい。

煮詰め液は熱いとカプセルを溶かしてしまうし、冷ますと鍋底に張り付いてうまくカプセルに入れられない。

そのためそれを固まらせないためには、抗凝固剤とでもいえばいいのだろうか、それを作り出した。あらゆる植物を使って何度も試行錯誤を繰り返し、とても骨が折れたけれど、何とか成功できた。

同じく、イダテンにも苦戦した。

空気に触れなければ腐敗速度が遅くなるとはいえ、それでもやはりニガニガよりも腐りやすく、保存食には向かないのだ。そのためイダテンにあった防腐剤を作るため、ナンディナをはじめとする様々な植物の組み合わせや作り方を試行錯誤して、ようやく完成した。今は経過を観察、確認中だけれど、少なくとも一月の保存は全く問題なさそうだ。

もちろん実用化までは、まだ確認が必要だけれど……それでも、一区切りはついたと思う。

あの苦労がまざまざと蘇ってきて、できてよかったなあ、と嬉しさを噛み締めた。そんな私を見て、クロードさまが優しい顔で口を開く。

「これがあれば、ドノヴァンの民も……いや、他の者たちもあの病気にかからずにすむのだろう」

「はい。白いパンは美味しいので、これで心置きなく毎食たくさん食べられますね……！」

もちろん、実際に栄養価のある食べ物を直接食べることの方が大切だけれど……。

「痩せた土地に住む方々はどうしても栄養状態が悪く、病気にかかりやすいですから。こういうので少しでも栄養を摂って、健康でいられたらいいなと思います」

遠い東の方の国に、医食同源という言葉や、食は未病を防ぐという言葉がある。未病とは病気にはなっていないものの、そうなりつつある状態のことだ。少し不健康な体は、食事で改善ができると考えられているそうだ。

「既にかかった病気を治すことも大切ですが、病気にならないということも、同じくらい素敵なことですよね」

「――……病気に、ならないことか」

「はい。薬師嫌いな方も、様々な事情で薬師にかかれない方も多いと聞きますから」

そのためにもしも時間があったら肌や髪を強くする食材、骨や歯を強くする食材、心臓や胃など、内臓が整う効果のあるものを試したかったけれど……如何せん、時間がない。

それでもできるところまでは試してみようと、闘志に燃える。もちろん最優先は殿下の体調なので、隙間時間に試すことになるだろうけれど。

「また薬草の仕入れをお願いすることになるかと思うのですが……」

若干気が引けつつもクロードさまにそう伝えると、まじまじと私を見つめていたクロードさまが一瞬の間を置いて、「もちろんだ」と微笑んだ。

「必要なだけ手配しよう。ただしくれぐれも、ほどほどに」

「ありがとうございます……！」

ホッとしてお礼を言うと、彼は「薬草がなければ薬は作れないのだから。用意するのは当然だ」と言った。

「それと同時に君がいなければ、このカプセルは作れなかった」

「……そう、でしょうか」

色鮮やかなカプセルに目を向ける。

クロードさまに助けてもらったことには変わらないけれど。

「確かに、これは私のお手柄かもしれません」

私が小さな声でそう言うと、クロードさまは優しく目を細めて、「そうだな」と少し笑った。

何かが落ちる音

（今日の菓子も、喜ぶだろうか）

手元の紙袋に目を落としながら、クロードは今日もヴァイオレット――ソフィアの部屋へと向かっていた。

彼女は今も薬作りに没頭しているだろう。いつ訪れても作業をしている、あの勤勉さと集中力には頭が下がる。放っておくと不眠不休でどこまでも作業をするので、十二時間という時間を取り決めたほどだ。

その取り決めの際に、こうして毎日菓子を差し入れると約束したのだが。

（……妙な誤解が生まれたのは、この約束のせいもあるのだろうか……）

執務室を出る直前のニールとの会話を思い出し、クロードは僅かに眉根を寄せた。

それはついさっき、執務室で仕事をしていたクロードが時計を見て、ソフィアの元へ行く時間だと立ち上がった時のことだ。

机の上の紙袋を手に取って部屋を出ようとするクロードに、「予想外だよ」と感慨深げにニールが言った。

「まさか、君に恋心というものがあるなんてね」

「は？」

「おめでとう。友人として部下として、心から祝福するよ」

「何をわけがわからないことを……」

悪い冗談に思わず眉根を寄せると、ニールが少し驚いたように目を瞬かせた。

「……自覚がないの？」

ニールの視線が、クロードの持つ紙袋へと向けられる。王城へ報告に行く際に立ち寄った、巷で人気の菓子店のものだった。

何もやましいことはない。しかしクロードはニールから目を逸らし、弁解するかのように口を開いた。

「これは……たまたま近くまで行ったから、ついでに買っただけのことだ」

「……うん、そもそも君が直接菓子店に赴《おもむ》いていることにびっくりしてる、ということは置いといて。忙しい君が日に四度も、彼女に食事や軽食を運んでる」

彼女が脱獄や嫌がらせを目論んでいたわけじゃないと、確信したんでしょ？　とニールが愉快そうに笑いながら首を傾げた。

「なのに僕が代わりに運ぼうか、と言っても頑なに断る理由なんて、それくらいかなーと思って」

「……何を馬鹿なことを」

ため息を吐きながら、「違う」と首を振った。

「まだ説明はできないが、事情がある。決して彼女に特別な思いを抱えているわけではない」

「事情ね。それは確かに、あるんだろうけどさ」

クロードの言葉にニールが含み笑いをし、「ま、そういう事にしておいてあげるよ」とひらひらと手を振った。


——という会話を思い出し、クロードは小さくため息を吐いた。

あの調子ではいくら否定しても、ニールは信じないだろう。

（……ただ。確かに俺らしくはないかもしれない）

今回のように『事情』があると察しながらも、クロードが自分から話すまではと、一切その事情を尋ねないような彼のことを、昔からクロードは信頼していた。

ニールの言う通り、いつものクロードならば、食事を運ぶくらいのことは彼に任せていただろう。

（だが……）

脳裏にふと、クロードの訪れに気付いてぱっと瞳を輝かせるソフィアの姿が浮かぶ。

彼女は喜びがすぐに顔に出る。特におやつの時間の喜びようといったら、常々愛想がないと自覚しているクロードの表情も、つられてゆるんでしまうほどだ。

あの喜ぶ姿をニールや他の者に見せるのは、なぜか少し面白くない。

（おそらくこれは恋心ではなく、罪悪感と責任感からくるものだろうが……）

この塔の初日のことを思い出して、苦い後悔がこみあげる。

あの日クロードは、目を覚まし困惑する彼女を冷たく突き放した。そしてそれから二週間の間、ただの一度も彼女の訴えに耳を傾けることもなかった。

彼女は気にしていないと言うが、到底許されるべき行いではない。

そういった自責の念が、彼女のことを考えさせるのだろう。いわばこれは償いだ――と、自分の感情の動きに理屈をつけながら歩いているうちに、彼女の部屋の前へ着いた。


数回ノックをして声をかけたが、予想通りに応答はなかった。

そのまま部屋に入ると、やはり彼女はいつものように薬作りに集中していて、周りの音も耳に入っていないようだった。

薬を作っている時、彼女は背筋をまっすぐ伸ばし、凛とした空気を纏っている。

「……あ！　クロードさま！　すみません、すぐに気付かず……」

クロードに気付いたソフィアが、ぱっと瞳を輝かせていつものほわほわとした雰囲気に戻った。

嬉しそうにクロードと、クロードの手元の紙袋を交互に見る。苦笑して、彼女に紙袋を渡した。

「今日の菓子はマカロンだ」

「マ、マカロン……!?　名前まで可愛いなんて、美味しいお菓子に決まっていますね……！」

そんな不思議なことを言いながら、彼女がうやうやしくテーブルの上に菓子を置く。カップを手に取りながら、クロードに向かってとても良い笑顔を見せた。

「今日も一緒に食べられますか？」

「……ああ。お茶を淹れてもらえるだろうか」

「もちろんです！」

にっこりとソフィアが笑う。その表情につられてつい微笑みながら、クロードは席に座った。


ソフィアが淹れてくれたのは、疲労回復の効果があるというハーブティーだった。自ら調合したというそのお茶は少し酸味が効いていて、クロード好みの味だ。おそらくはクロードの好みと体調を気遣い、用意してくれたのだろう。

そんなソフィアはマカロンも気に入ったようだ。頬が盛大にゆるんでいる。

「クロードさまはお忙しいのに、日に四度もこんなに美味しいものを運んでくださって、本当にありがとうございます……」

「……それが仕事だからな」

「騎士さまのお仕事は幅広いのですね……」

ソフィアがそう言いながら、何かを思案するような表情を見せたあと、興味深そうにクロードに目を向けた。

「クロードさまは、なぜ騎士さまになろうと思ったのですか？」

「騎士になった理由？」

不意に投げられた質問に目を丸くすると、ソフィアが少し慌てたように「騎士さまは大変過酷な訓練をなさると聞いたことがあるので」と言った。

「それは王宮付きの騎士さまも、一緒なのですよね。その厳しい訓練を耐えて、団長職にまで上り詰めるほど努力されているのですから、クロードさまには何か目標のようなものがあるのかと、ふと思いまして……」

立ち入ったことをお聞きしてすみません、とソフィアが申し訳なさそうに肩を縮める。クロードは「そんなことはない」と慌てて否定し、考えながら答えた。

「次男だから、家を継ぐ必要がなかった、ということもあるが……」

そうは言っても、ブラッドリー侯爵家はいくつかの爵位と領地を保有している。一部の爵位と領地を譲り受け、領主として暮らしていく道がなかったわけではない。

騎士になると決めた当時のことを思い出し、誰にも話したことのない言葉が口を衝いて出た。

「一番は、大切なものを守れる人間はかっこいい、と思ったからだ」

そう答えたあとにハッと我に返り、少し気恥しくなる。まるで幼い少年が口にするかのような志望動機で、大の大人が口にするような理由ではない。

「いや、その、騎士を志したのは幼い頃で……ソフィア？」

弁解しようとソフィアの顔に目を向けると、彼女はひどく驚いたような、それでいて何か悲しい記憶に思いを馳せるような、不思議な表情をしていた。

「あっ……すみません」

クロードに名前を呼ばれて、ソフィアがハッとしたように我に返り、ぎこちなく微笑んだ。

「た、確かに、大切なものを守れる方はかっこいいです……！」

その様子に、何か悪いことを言ってしまったのだろうかと思わず動揺すると、その動揺を察したのかソフィアが、「違うんです」と両手を振った。

「なんだかびっくりしてしまって。私が薬師を目指したのは、薬作りが大好きだから、ということもあるのですが……クロードさまと、同じ理由で……」

目を伏せながら、ソフィアが噛み締めるようにゆっくりと、言葉を続けていく。

「大事な人を守りたくて、元気になってもらいたくて、薬師になろうと思ったのですが……」

どんどん声が小さくなり、ソフィアの紫色の瞳から、ぽろぽろと涙が落ちた。

「――ソフィア……」

驚いて名前を呼ぶと、ソフィアは慌てて涙を拭った。

「す、すみません、また色々と思い出してしまいまして……」

その言葉に、初めて蜂蜜を差し入れた時のことを思い出す。

（あの時は母のことを思い出したと、そう言っていた）

ソフィアの母は、彼女が三歳の時に病気で亡くなったと聞いている。

（三歳。たった三歳の女の子が、母親の病気を治すために、薬師を志して……）

そしておそらくは――いや、この様子だと間違いなく、自分には力がないと、何もできなかったと、そう思ったのだろう。

優秀な薬師だったという母親に治せなかった病気が、僅か三歳の子どもに癒せるはずがない。頼れるはずの父親は、母が亡くなってすぐに後妻を迎えたと言っていた。そんな下卑た人間が、彼女の心を癒せるような慰めの言葉をかけたとは、とても思えない。

彼女の自己肯定感の低さや、自分の功績は大したことのないものだと、認めようとしなかった理由に少しだけ触れた気がした。

「……俺は、君のことを尊敬している」

「え？」

ソフィアの父に対しての怒りか、こんな運命を定めた神への怒りなのか、そのどちらもか。憤りを押し殺し、クロードはソフィアの目をまっすぐに見つめた。

「僅か三歳にして誰かの病気を治したいと考え、それから十六歳のいまに至るまで、薬師として研鑽を積めるような人間は、そうはいない」

ソフィアが目を丸くする。彼女の心に響くかはわからないが、それでも常々思っていた気持ちを伝えようと、クロードは言葉を続けた。

「そして君は、俺の大切な主君を助けるために、ニールの大切な領民を助けるために、そして誰かの大切な人間を救うために、こんなにも努力している。薬師として病人を癒すだけではなく、病気になる人間を減らしたいと聞いた時は驚いた。君は一体、何百何千の患者……そしてその患者の家族の心も、救うのだろうと」

「クロードさま……」

「心配で歯痒くなるほどに、君は優しく、努力家だ。そして俺のような素人にも、君の才能が素晴らしいものだとわかる。……君のお母上も、とても優秀な薬師だったのだろう？　お母上譲りのその才能を、もっと信じてはどうだろうか」

そこまで言って、クロードはハッと我に返る。

嘘偽りのない本音の言葉だが、知ったようなことを言うなと、不快にさせてしまうだろうか。そう思いながらソフィアの方を見ると、彼女はまたぼろぼろと涙をこぼし始めた。

「ソ、ソフィア⁉　すまない、余計なことを……」

「あ、いえ、これは違います！」

やってしまったと焦るクロードに、ソフィアも焦りながら「嬉しくて」と言った。

「私は今までずっと、自分に自信がなくて、人を助けるだなんてそんな大きなことはできないだろうし、言えないとも思っていたのですが……」

涙を拭いながら、ソフィアがクロードに笑顔を向けた。

「クロードさまが、こうしてたくさん褒めてくださるから、少しだけ自信がつきました。……ありがとうございます。クロードさまと出会えて、本当によかったです」

照れくさそうなその笑顔は、雲の切れ間のように晴れやかだった。

その笑顔に思わず息を呑んだ瞬間、クロードの胸の奥で、何かが落ちる音がした。心臓を強く掴

まれるような、不思議な感覚を覚えた。

決して嫌ではないその感覚を、何だろうと不思議に思う隙もなく、脳裏にニールの言葉が蘇る。

『君に恋心というものがあるとはね』

（なるほど。——これが、恋か）

その通りだと、認めるより他はなかった。

クロードは、初めて恋に落ちていた。

どちらにせよあなたの負けだわ

すっかり慣れてしまった王宮の回廊を歩きながら、リリー・レッドグライブは失望と焦燥に駆られていた。


「殿下、おはようございます」

「おはよう、リリー」

婚約者となったヨハネスが「今日も君は綺麗だ」と、リリーに蜂蜜のような甘い表情を見せる。

――なんて、愚かな人。

そう思いながらリリーは、「もう」と恥じらう少女の振りで目を伏せた。

婚約者の言葉に照れる、無垢な少女のように見えるだろうが、実際のリリーはうまくいかない現状に吐き気すら覚えていた。

（……いいえ。予定通り進んでいる。問題ないわ。殿下は私を全く疑っていないし、婚約も認められている）

当初危惧していた通りにやはり耐性があるのか、せっかく菓子を食べさせているというのに状況は芳しくはない。しかし効果は生きている。その証拠に、リリーへの寵愛ぶりは衰えてはいない。

大丈夫、彼が倒れるのは今や時間の問題だ。リリーは菓子を食べさせ続ければよい。彼が、命を落とすまで。

こみ上げる吐き気を振り払い、リリーはヨハネスに微笑を向けた。

「今日のお菓子は殿下がお好きなものにしましたわ」

そう言って小袋を差し出す。ヨハネスが好んで食べる、オレンジの皮を練り込んだクッキーだ。

既に控えていた毒見役が一枚食べては何の問題もないと言うと、ヨハネスは全く疑っていないような顔でそのクッキーを一口食べ、リリーも同じように一枚食べた。

爽やかな柑橘の香りが、口に広がる。

「うん、美味い」

「よかったですわ。さあ、どうぞもっと召し上がってくださいね。最近体調がよろしいようで、私は嬉しいです」

「心配かけてすまなかった。クロードが手配するミルクが良く効いて、多少体の調子は良い」

「……まあ。クロード様には感謝しなければなりませんわね」

にっこり微笑みながら、ヨハネスの騎士であるクロードを疎んだ。思ったよりも状況が芳しくないのは、そのミルクのせいだろうか。

無駄なことだ。苦痛が長引くだけだというのに余計なことを、と激しく苛立った。

（……元々、少し警戒した方が良い男だとは思っていたけれど）

彼はリリーのことを信用してない節がある。特にこの一月半では、リリーが呼んだ毒見役をそれとなく他の者に代えたり、リリーの身辺を詳しく調べさせたりしているようだった。

（疑いに繋がるような怪しいことなど、出てくるはずがないもの。好きなだけ調べたら良いわ）

高位貴族に名を連ねながらも、貧しい領地しか持たない伯爵家の出身。

本来王妃となるにはかなり不利ではあったが、悪女ヴァイオレットと正反対の『清貧を尊ぶ聖女のような清らかな女性』として振る舞ったリリーを、誰もが王妃に相応しい高潔な人間だと評するだろう。

何なら、菓子も詳しく調べたら良い。だってこれは毒ではないのだ。ヨハネスを……いいや、もう一人を除き、何ら人体に害があるものではない。

だからたとえどんな人間が診たとしても、これを『毒』と断定することは無理だろう。

そう疑うのは、ヴァイオレット・エルフォードくらいのものだ。

彼女が塔から出てきたとき。一体彼女は何を言うのだろう。

（……けれど。あの悪女が何を言おうと、所詮は投獄までされた悪女と清貧を尊ぶ未来の王妃。現時点では皆が私の方を信じるはず。……警戒して損をしたわ。あのヴァイオレット・エルフォードが、これほど勝負にならないとは思わなかった）

塔の中での彼女は投獄がこたえたのか、傲慢さも威圧感もすっかりなりをひそめていた。人はここまで変わるのかと軽い恐怖すら感じたが――、しかしあの場所にいても尚、謝罪もせずリリーやヨハネスの目を真っ直ぐ見ていたことを思い返すと、やはり彼女は人の上に立つ支配者側の人間なのだろう。

（……だけど、どちらにせよあなたの負けだわ）

ヨハネスの命はもう、風前の灯だった。

◇

「ううっ、苦しい……」

慣れないきつすぎるドレスに思わず弱音を吐くと、私の身だしなみを整えてくれた侍女が即座に土下座の体勢に入ろうとしたのですぐに止める。

最近、私の土下座を止める動きは俊敏だ。この調子で精進したら、もしやいずれは音の速さを超えてしまうのではないだろうか、と少しだけ誇らしい。

「申し訳ありませんヴァイオレット様！　すぐに調整を、いえ、すぐに代わりのドレスを……！」

「だだだ大丈夫！　大丈夫！　ぴったり、ぴったりだわ！」

ガタガタと震え始める侍女をフォローするため、焦りながら嘘を吐く。この侍女は怖いだろうに、一人でドレスが着られない私のお手伝いを頼まれてしまった不運な侍女なのだ。

来月開かれるオルコット伯爵邸での地獄の舞踏会のために、今日公爵邸から派手派手しい真っ赤なドレスが届いた。

今までドレスなんて着たこともない私だ。事前に一度着てみて、どれくらい時間がかかるものなのかを試してみた方が良いと思い、こうして着てみたのだけれど……。

私は、鏡の中のヴァイオレットさまを眺める。

――うん。ものすごく美人だし、相変わらずスタイルが良い。細いのに、出るべきところが豊かである。一体何を食べたらこんな体型になるのだろうか。

……だけど。

きつい。

主にウエストのあたりが、死ぬほど苦しい。

ヴァイオレットさまの使っているコルセットは締め付けがあまり強くない特注品なのだそうだ。

元々ウエストが驚くほど細いせいなのだろう。

なのでもちろんヴァイオレットさまのドレスも、ウエストがびっくりするほど細い仕様で作られている。

そんな服を、二か月の間引きこもり、三食の他にばっちり甘いものを食べた私が着たのだ。先日クロードさまにとても嬉しい言葉をもらって薬作りに対してのやる気が更にあがった分、食べる量も増えている。入っただけでも奇跡かもしれない。

これ……元に戻ったら、ヴァイオレットさまに怒られたりしないかな……。

私の頭の中の大悪女ヴァイオレットさまが、烈火の如く怒り狂って家を焼く。そんな想像までしてしまって、流石にそれは……と首を振る。

幸いにもあと一月あるのだ。ダイエットをして元に戻せば大丈夫……と自分を奮い立たせた瞬間、クロードさまが今日のおやつは『ドラヤキ』と言う東の国のお菓子と言っていたことを思い出す。

早くも惨敗に終わりそうな一月後の自分の姿が思い浮かんで、私はとりあえず（薬作りの間は足踏みでもしようかな……）と思った。

なんと美味しい三か月だったのでしょう

嫌だ嫌だと思っていても時は過ぎてしまうもので、あっという間に私が出獄する日がやってきた。

「大変お世話になりました……」

「死刑執行目前のような顔をなさっていますね」

いつもの騎士服のニールさまが苦笑する。

その隣にいる見慣れない姿のクロードさまは、私に同情的な眼差しを向けた。

今日この塔を発つ私の見送り人はニールさまお一人だった。これからクロードさまは私と一緒にオルコット邸へ向かうため、報告は副団長であるニールさまがするのだという。

なので今日のクロードさまは、これから向かう舞踏会に相応しい正装姿だ。

いつも下ろしている前髪を後ろに流しているので、綺麗な形の額や眉がよく見える。

私よりも余程溢れている色気に少したじろぎつつ、綺麗な方は何を着ても綺麗なのだなあと感服した。

平時に見たら、きっと感動したのだろうけれど……。

今の私はそれどころではなかった。

「三か月も過ごしたので、名残惜しくて」

そう力なく誤魔化しつつも、ニールさまの言葉に内心その通りなのです……と思う。

それはもう、ここから出たくない事情がたくさんある。仲の良くないオルコット伯爵家の面々をやつれさせた反動への不安だとか、一月前と寸分違わぬウエストのせいで焼き討ちに処されるのではという恐怖だとか。

それに、と思う。

「やり残したことも、成し遂げられなかったこともたくさんありますし……」

そう言いながら、三か月過ごした部屋をぐるりと見渡す。

すくすくと元気に育っている薬草だけが気掛かりだけれど、今後はひとまずクロードさまが管理をしてくださるらしい。

結局、この三か月で私が完成したと呼べるものはカプセルだけだ。殿下の体調の原因はわからず、現状維持に限りなく近い改善のみが、私にできたことだった。

「いや。君は、充分すぎるほどよくやった」

クロードさまの慰めの言葉に躊躇いながら頷く。悔しいけれど、これが今の私にできる精一杯だったのだ。

もっと時間が、知識が、せめて殿下から直接お話を聞く機会が欲しい。そう思う気持ちは強いけれど、きっと他の優秀な薬師が、あとは解決してくれるのだろう。

しんみりしつつ、もう一度部屋を見渡す。

——本当に。人生で一二を争う充実した幸せな時間を過ごさせてもらったなあ……。

目的のある薬作りに没頭したこの時間を、私は多分一生忘れないだろう。

——それに、何といっても……。

脳裏に、ほわんとこの三か月間の幸せの数々が甦《よみがえ》る。

例えば、料理長が頻繁に出してくれるようになった黄色いスープ——コーンスープというらしい——の、まろやかな舌触りとコクのある香り。

とろりとしたはちみつの鮮烈な甘さや、燻製された鴨の芳しい香りと力強いお肉の味。

それから何といっても、口の中で濃密な美味しさがほどけるチョコレート。それからアップルパイにアイスクリームを乗せたものは冷たさと熱さの組み合わせが悶絶するほど美味しかったし、マカロンは見た目も味も可愛かったし、ドラヤキの品の良いしっとりした甘さは素晴らしかった。

「……………本当に、なんて美味しい三か月だったのでしょう」

「絶対にそう考えていると思った」

クロードさまが少し笑い、「名残惜しいだろうが、そろそろ行こう」と私に手を差し出した。


久しぶりに外に出る。寒さに思わず肩を縮めたものの、季節は春に近づいていた。

淡い青空に穏やかな太陽が輝いている。

そんな清々しい青空とは似て非なるブルーな気持ちではあるものの、私は記憶にある限り人生初めての馬車に乗ってオルコット伯爵邸へと向かっていた。

普通舞踏会は夜に開かれるらしいのだけれど、今日は珍しいことに昼間に行われるらしい。引きこもり悪女による前例のない社交界デビューに、社交界の面々は割とざわついたのではないだろうか。

だけどそのおかげでエルフォード公爵邸に立ち寄らずにすんだので、そこだけはヴァイオレットさま、良いお仕事をされたと思う。

元々オルコット伯爵家の恥知らずと呼ばれていたのだし、これくらいの常識外れぶりは可愛らしいほどだ。

そう気持ちを奮い立たせながらも（鳥はいいなあ……鳥になりたい……）と遠い目で窓の外を眺

める私に、クロードさまが心配そうに口を開いた。

「……君も生家では色々あったし、入れ替わった相手がヴァイオレットだから、色々不安だろう」

「そうですね……少しだけ」

不安の六割くらいは自分でつけた脂肪のせいなのだけど、そこは内緒にして私はしれっと頷いた。

「まずは念のために一度ヴァイオレットに話を聞いてから、今後の方針を話したいのだが」

真剣な顔をして、慎重に言葉を選びながらクロードさまが言った。

「君が幸せに思うままに生きていけるよう、俺も尽力しよう。手段はいくつかある。大丈夫だ」

「クロードさま……」

クロードさまの言葉に、心が温かくなる。

お父さまやお義母さまが許してくれることはないだろうなと思いつつも、そう言ってくれる人がいるだけで嬉しいものだ。

「ありがとうございます」

お礼を言うと、クロードさまが目を細めて微笑んだ。

クロードさまのおかげで空気が和んだ。二人でほのぼのとお話をしているうちに、少しだけ緊張がとける。

そうこうしているうちに馬車はあっという間に、オルコット伯爵邸へとついてしまった。

第四章

オルコット伯爵家の悪女

オルコット伯爵邸についたとき、吹き飛んでいた緊張がさすがに戻ってきてしまった。

御者が馬車の扉を開けると、クロードさまが先に出る。緊張する私に安心させるような微笑を向けて、白い手袋を嵌めた手を差し出した。

「大丈夫だ」

その手を取って、おそるおそる地面に降りる。オルコット伯爵邸は賑わっていて、周りを見渡せば着飾った紳士淑女たちが、開け放たれた玄関ホールへと向かっていた。

思ったよりも大人数で、驚いてしまう。

そして私が馬車から降りた瞬間に、その大人数の視線は全て私に注がれた。

クロードさまが周りに鋭い視線を向けると、皆それとなく視線を逸らしたけれど。しかし好奇の目が向けられていることはひしひしと伝わった。

しかしまあ、当然だと思う。

王太子殿下の婚約発表の場で、未来の王太子妃に公開ビンタし土下座をさせて投獄され、出獄したその足で舞踏会に来る公爵令嬢。類を見ないほどの豪胆さに、思わず目を向けてしまうのも無理はない。

土下座をされるわけでもないなら放っておこう。やや心配そうな顔を向けるクロードさまに笑顔を見せて、私は三か月ぶりのオルコット伯爵邸の中に入ったのだった。

人間は驚きすぎると、一周回って冷静になってしまうようだ。

オルコット伯爵家はそこそこ裕福で、屋敷もそれなりに整えられている。のだけれど、一体これは。どこかで助けた鶴が、お返しに人より大きい金塊でも持ってきてくれたのだろうか。

進んだ先のダンスホールは、ドコの王族の城だろうかというほどに、ぎらぎらとした空間になっていた。

大変なキラキラ具合のシャンデリアを見ては近くのご夫人が「まあ、あれは間違いなく純金とダイヤモンドでできているわ……！」と目を見開いている。

あちこちに飾られている絵画を見ては恰幅の良い紳士が「こ、これはあの幻のうんたら……！」「やや、ここにはあの巨匠のかんたら……！」と驚愕している。

眼鏡をかけた繊細そうな青年が、軽やかな音楽をかき鳴らす音楽隊の指揮者を見ては「あ、あれは王族の依頼ですら報酬次第では断ることもあるという高名な……！」と愕然としている。

その他にも、軽食が用意されたテーブルには、逆に悪趣味なのでは……？　と思うほどに宝石であろうものがびっしりと埋め込まれていたし、周りの反応からして料理も贅を尽くした立派なもののようだ。

端的に言って異常なほどにお金がかかっていることが、世間知らずの私の目にもわかる。

そこそこ裕福とはいえこんなにお金をかけたら、我が家は破産してしまうのではないだろうか。

「念のために聞きたいのだが、君の家は元からこんな……？」

クロードさまの言葉にぶんぶんと首を振る。ダンスホールに入ったことなどないけれど、私のお父さまはずいぶんな吝嗇《りんしょく》家だとお義母さまやジュリアは言っていた。こんな無駄遣いをする人ではないはずだ。

「ヴァイオレットは一体……」

ドン引きして絶句する私たちの耳に、近くにいるご令嬢たちの噂話が飛び込んできた。

「ねえ、先ほど聞いたのだけれど。今日この日のために、城が二つ建つほどのお金がかけられたそうよ」

「まあ……、浪費家だという噂は、本当だったのね」

城が二つ。嘘であってほしい。

良くないことだとは思いつつ、思わず耳を澄ませてしまった。

「先日妹のジュリアさまと一緒にお茶会に出てらしたけれど、高慢にあれこれと命じていらっしゃったわ」

「後妻である義理のお母様には使用人の真似事をさせているとか」

「伯爵閣下も情けないわよね。娘一人の言いなりになって、家を没落させる気かしら」

想像以上だった。

「えっ、ちょっ、あわわ、クロードさま、ど、ど、どうしましょう……!?」

「ソ、ソフィア。大丈夫だ。入れ替わりが解消したらこれは全て君ではなくヴァイオレットがやったことだと……」

ご令嬢の話にあわあわと小声で動揺する私を、クロードさまが宥める。

入れ替わりが判明してからクロードさまはたびたびオルコット伯爵家の様子を調べてくれていたのだけれど、ここまで酷いという話は彼の耳にも入っていなかったようだ。

「くそ、早くこの入れ替わりを解消させよう。ヴァイオレットはどこにいるんだ」

クロードさまが小さく舌打ちをする。そういえば！　と思ってあたりを見回すと、ホールの奥に、見慣れた……しかし見違えた、紫色の髪が見えた。

ゆるやかに波打つ紫色の髪の毛は、自分では見たことがないほど艶々としている。背筋をまっすぐに伸ばし、真っ白なドレスに身を包んだ私《ヴァイオレットさま》は――、頭の中の私とは、全くの別人だった。

彼女を見て地味だと思う人は誰もいないだろう。

デビュタントを模した真っ白なドレスが光を反射して異様に光り輝いているということもあるだろうけれど、匂い立つような高貴さが彼女にはあった。

「あれがヴァイオレット……君の姿か」

クロードさまが、真っ直ぐに私《ヴァイオレットさま》を見る。私たちの視線に気づいたのか、どこか退屈そうな目で周りを見ていたヴァイオレットさまが、私たちに目を向けた。

気づいた瞬間、ヴァイオレットさまがふっと唇の端を持ち上げる。

それからエスコートのために重ねている私たちの手に目線を向けて、少し驚いた顔を見せたあと、少々不愉快そうに眉を上げた。

はて……？　と首を傾げかけて、そういえばクロードさまはヴァイオレットさまの婚約者だったことを思い出して、慌てて手を引っ込めた。それは確かに不快だと思う。

「クロードさま、すぐに向かいましょう」

「あ、ああ」

そう言ってヴァイオレットさまの元に行こうとした時、後ろから「ヴァイオレット様」と呼ぶ柔らかな声が聞こえた。

驚いて振り向くと、声の主はリリーさまだった。その横には、不快そうな表情のヨハネス殿下もいる。

「殿下……。ご挨拶申し上げます。殿下もこちらに来られたとは」

「ああ。リリーも招待されていたからな。……招待客が招待客だ。同行せねばなるまい」

驚くクロードさまの言葉に、殿下は私を見て皮肉気な言葉を向ける。

「それにアーバスノットの血を引く令嬢がいよいよ社交界デビューとあっては、顔を出しておかねばと思ってな。アーバスノット当主は頑固だが、その血を継ぐ者はもう彼女しかいないのだから」

アーバスノット当主とは、私のおじいさまのことだろうか。頑固なのか、と思いつつ、早くヴァイオレットさまの元へ行きたい私はそわそわとしていた。

そんな私にリリーさまは聖女のような笑みを向けて、口を開いた。

「ヴァイオレット様、出獄おめでとうございます。こうして罪を償われたのですから、私たちの間には確執はゼロということで……まずは一度二人でお話をして、仲直りしませんか？」

「えっ」

リリーさまの驚きの提案に、殿下が「だめだ」と厳しい顔を向ける。クロードさまも警戒したような表情を見せて、さりげなく私の前に立った。

「殿下、あなたの従妹さまと私も仲良くしたいのですわ。ね？　お願いです」

「……」

「大丈夫です。あなたのリリーは、ヴァイオレット様に傷つけられたりしませんわ」

リリーさまがお願い、と口にした瞬間に殿下が口をつぐむ。葛藤しているようだったが、少し曇った瞳で「わかった」と頷いた。

「クロード。お前もついてはならない。話し終えるまで私の側に」

「殿下。私は今日、ヴァイオレットの供としてここに来ています。……ご容赦ください」

「クロード、どうしたんだ。私の命が聞けないのか？」

どうしよう。このままではクロードさまが殿下の命令に逆らうことになってしまう。

ちょっとだけ話してきますね！　とリリーさまと離脱したいけれど、この体はヴァイオレットさまのもの。何かがあったら取り返しがつかない。

困って思わずヴァイオレットさまの方を見ると、彼女はどこか面白がるような怒っているような不思議な表情でこちらを見ていた。

そうして目があった瞬間、にっこりと微笑んで。

私に向けて一言、『行きなさい』と口を動かした。

蛇とマングース、挟まれた蛙

ヴァイオレットさまの圧に即座に屈した私は、リリーさまと庭園でお話をすることにした。

この場所はホールのテラスから見下ろせる。殿下や、最後まで強く反対していたクロードさまの視線を痛いほどに感じつつも、私とリリーさまは庭園の長椅子に腰掛けた。

「こうして二人でお話しさせていただくのは初めてですので、大変光栄に存じます」

リリーさまがふわりと微笑む。しかし目の奥には何かを探るような色が宿っている。柔らかい表情とは裏腹に、警戒されているようだった。当然のことだと思う。

クロードさまは、リリーさまをそれとなく疑い警戒しているようだけれど……草花をくれる人に、悪い人はきっと少ない。王都から遠く離れた西の方の出身らしいリリーさまは、ヴァイオレットさまのお花嫌いを知らなかったのではないだろうか。

大体王太子殿下の婚約者であるリリーさまは、いずれ王妃となるはずで。そんな彼女が殿下に毒を盛るなんて、全く得がない。思考をぼんやりとさせて良い方向へ操る……そういう毒物もあるにはあるけれど、盛られた相手は誰が見ても廃人になってしまう。

先程の殿下の曇った目は気になるけれど……だけど違うと、断言する他ない。

そんなことを思っていると、リリーさまが口を開いた。

「実は私、ヴァイオレットさまにはずっと昔に、お声をかけていただいたことがあるんですのよ。もう覚えてはいらっしゃらないでしょうけれど……私たちが十四歳。デビュタントの時に」

「デビュタント……」

もちろん覚えていないどころか記憶がない。曖昧な表情で復唱する私に、リリーさまが目を細めて「やはり覚えていらっしゃらないですわよね」と頷いた。

「私、一言一句覚えていますわ。『お前たちがどう着飾ろうと、この私にとっては飛ぶ羽虫程度の意味しかないわ』……ヴァイオレットさまはそう仰いました」

「え」

十四歳。おしゃれをして社交界に臨んだ先で、そんなことを言われるなんて。

ひどすぎる言葉に私が絶句すると、リリーさまはまた微笑んで「一生忘れないと思いますわ」と言った。

「ああ、これが生まれながらに上に立つ方の姿なのだと。私達のような者は……一生あなたのような人の影でしかないのだと、思い知らされた瞬間でしたから」

申し訳なさすぎて、居た堪れなさすぎて今すぐ土下座をしたい。

どちらかと言えば私もヴァイオレットさまの影のその影として生きていくにふさわしい引きこもりだ。『私から見たらリリーさまは充分光なのですよ！』と励ますことができたら、どんなにいいだろうか。

そう私が頭を抱えたくなっていると、微笑を浮かべたままのリリーさまが口を開いた。

「――……てっきり、出獄されたら無駄な足掻きをなさるかと思っていました。何もなさらずこうして呑気に舞踏会に来られたということは、覚悟を決められたということですか？　それとも、あのアーバスノットの血を引く娘に殿下を診てもらって全てを元通りになさる気ですか？」

リリーさまが「残念ですが、無駄ですわ」と微笑む。

その言葉に、思わず息を呑んだ。

何を言っているのか、よくわからないけれど。……これは、彼女が殿下に毒を盛っていると。そう言っているのだろうか。

それに気づいたから、ヴァイオレットさまは怒り狂ったのだろうか。

急激に冷えていく自分の手先をぎゅっと握って、私は「どうして、毒を……？」と尋ねた。

その途端、微笑んでいた目の前のリリーさまから急に表情が抜け落ちる。形の良い唇が、嘘でしょう、と、小さく動くのが見えた。

「――……投獄如きで日和見《ひよりみ》を決め込んだあなたに、これが本当にヴァイオレット・エルフォードなのかとさえ思ったけれど。……まさかあの花の真意にさえ気づかないなんて」

そう静かに言いながら、リリーさまはひどく失望しているように見えた。

「それとも、今は分が悪いと気づいて演技をしているの？　何を企もうと、絶対に無駄よ。もう殿下は私の手の中にいる。あの時怒りで我を忘れた時点で、あなたは負けた」

「――まあ。随分と面白い話をしていらっしゃるのね」

涼やかな声が響いて、私とリリーさまは驚いて声のする方を見る。

紫色の瞳を細めて、嫌な笑みを浮かべているヴァイオレットさまがいた。

「よかったら私にも聞かせてくださいませんか？　ヴァイオレット・エルフォード公爵令嬢。それから……リリー・レッドグライブ伯爵令嬢」

ちろりと、ヴァイオレットさまがリリーさまを見る。対するリリーさまは一瞬焦りの表情を浮かべたけれど、すぐにいつものたおやかな笑みを浮かべた。

声のトーンや距離から考えて、おそらくおおよその内容は聞こえていないと判断したのだろう。もしくは聖女とまで呼ばれる心優しいリリーさまと、引きこもりで浪費家の悪女であるソフィア・オルコットの話なら、間違いなくみんな自分の方を信じるだろう、と判断したのかもしれない。

悲しいけれど、その通りすぎて何も言えない。

「このたびは社交界デビュー、おめでとうございます。ソフィア・オルコット様」

「ありがとうございます。まさか、王太子殿下の婚約者にお越しいただけるとは思いませんでしたわ」

そう言いながらも、ヴァイオレットさまは獲物を狙う蛇のような瞳でリリーさまを見定める。リリーさまは全く動じず、まるで蛇に立ち向かうマングースのような眼差しを、ヴァイオレットさまに真っ直ぐに向けた。

その間にいる私はといえば、あまりの急展開についていけないまま。とりあえず、天敵二匹の間に挟まれた蛙のように、息をひそめて気配を殺し、耳をそばだてていた。

「面白い話をしていましたのね。殿下に対して、大変不穏な言葉が聞こえてきましたが」

「まあ、何か勘違いをなさっているようですわね。お恥ずかしながら、他愛もない惚気話をさせていただいておりましたのよ」

「そうでしたか。まさかどこかの女狐《めぎつね》が、殿下に良からぬものを盛ったのかと……」

ヴァイオレットさまのこの発言に、さすがのリリーさまも不快そうに眉を顰める。しかしすぐに表情を元に戻して「もしご心配と仰るのなら」と微笑んだ。

「最近殿下はお疲れが溜まっているようです。アーバスノット侯爵は大変お忙しいようなので……アーバスノットの血を引くソフィア様に一度診ていただきたいのです。殿下に進言致しますから、よろしければ一度診察していただけませんか？」

リリーさまの言葉に、ヴァイオレットさまは微かに眉を上げて――ふふふ、と笑った。その様子を見たリリーさまが、警戒し、訝しげに眉を上げる。

そんなリリーさまに向ける目を細めながら、ヴァイオレットさまが口を開いた。

「毒物に精通していると噂のアーバスノットの孫娘に診察をさせ、毒ではないとお墨付きを得る――ふふ、なるほど。随分と、自信があるのね」

そう言いながらヴァイオレットさまが、一歩ずつゆっくりとリリーさまに近づく。困ったような微笑みは崩していないが、リリーさまは急に態度が変わったヴァイオレットさまに驚愕し、恐怖を覚えているようだった。

「お前に一つ、忠告をしてあげる。今のうちに悔いがないよう、人生を楽しんでおきなさい」

リリーさまの目の前にきたヴァイオレットさまが、彼女を見下したように見据え、嗤った。

「一月後、お前の体とその首が、繋がっている保証などないのだから」


これは絶対に、気付かれてしまった……。


ひえぇっ……怖っ……。

ヴァイオレットさまが世にも恐ろしい微笑を浮かべている。

震え上がってリリーさまをちらりと見ると、彼女はやや青ざめた表情でヴァイオレットさまを――いや、ヴァイオレットさまと私を、交互に見比べていた。

その時、「大丈夫か⁉」と焦ったような声と、バタバタと駆ける足音が聞こえてきた。声のする方を見ると、殿下とクロードさまがこちらに向かって走ってきているようだ。

声の主は殿下だった。

悪女二人に囲まれているリリーさまが心配になって駆けてきたのだろう。――体調も、辛いだろうに。

「……あの男、節穴のくせにこういうところだけ早いのよね」

いつの間にか私の隣に来ていたヴァイオレットさまが、私にしか聞こえないような小声でそう言った。節穴と呼ばれたあの男とは、まさか殿下のことだろうか。不敬がすぎる。

「仕方ないわね。お前、気をしっかりなさい」

折角私が磨いてあげたのだから、汚したら承知しないわ――。そんな小さな声と共に、ヴァイオレットさまが私の腕に触れて。

その途端、目の前がぐるぐると回る。意識が無理に引っ張られるような強い浮遊感に、思わずぐえ、と変な声が出そうになる。

――う、気持ち悪い……！

そう思った瞬間体がまた急に重くなる。よろけて倒れそうになった瞬間、何かが私を抱きとめた。

困惑したような顔つきのクロードさまだった。

私自身も混乱しながら「ありがとうございます」とお礼を言って――懐かしい自分の声に驚いて、思わずクロードさまの顔を見る。

彼の目に映っている私は、紛れもなく私――ソフィア・オルコットの姿だった。

「えっ……」

動揺してヴァイオレットさまの方を見ると、彼女は優雅な、何もなかったかのような顔をしていた。

しかし自分のお腹のあたりに目を向けて――今までで一番殺気のこもった瞳を、私に向けた。

ひゅっと息を呑む。

これは。絶対に。脂肪に気づかれてしまった。

クロードさまがヴァイオレットさまの視線を諫める声が聞こえるけれど、これに関しては完全に私が悪いので謝るより他に生き延びる手はないはずだ。

土下座しよう。そう思って息を吸った瞬間、殿下の少し困惑した声が聞こえた。

「……ヴァイオレット。なぜオルコット伯爵令嬢をそのような目で睨んでいる」

リリーさまの顔を覗き込み、彼女を気遣っていたらしい殿下も、ヴァイオレットさまの私への怒りように気づいたようだった。

「お前には全く関係のないことよ。――私は今、この娘に用があるの。お前にもその女にも用はないのだから、さっさと行きなさい」

「……その無礼な物言い。ようやく演技をやめたのか。気味の悪さが薄らいだな」

不快そうに表情を歪める殿下は、恐怖で泡を吹きそうな私の顔をチラリと見て、残念な生き物を見るかのような表情を見せた。

「……怯えているじゃないか。従兄として、お前に追い詰められている女性を見過ごすわけにはいかない」

「あら、これが追い詰めているように見えるのならお前の目はやっぱり節穴ね」

いいえ、殿下の目は正常だと思います。

そう言いたいけれど言えないまま、私は賢明にも口をつぐんだ。

「節穴ついでにもう一つ教えてあげるわ。お前の可愛いその女、少し顔色が悪いのではなくて？

早く休ませてあげた方が良いのではないかしら」

そう言うヴァイオレットさまを睨め付けながら、しかし殿下が心配そうにリリーさまに目を落とす。

「殿下。ヴァイオレットと……オルコット伯爵令嬢には、私がついております。次に何か問題を起こした際にはまた投獄となる旨も、ヴァイオレットは知っています。何かありましたらすぐに捕らえますので、ご安心を」

「……わかった。頼む」

殿下がクロードさまの言葉に頷き、ヴァイオレットに「くれぐれも没落などさせないように」ときつい言葉を投げつける。

没落などさせないように、という注意の仕方を初めて聞いた。

まあ、もう没落しかかっているみたいだけど……。

そんなことは言えるわけがなく、私は「何かあったらクロードと私に頼りなさい」と言う殿下に頭を下げたのだった。

◇

場所を替えて、私の部屋にきた。いや、元ジュリアの部屋と言ったほうが良いかもしれない。

何故かはわからないけれど、日当たりのよい広い清潔なこの部屋が、私の部屋になっているようだった。意味がわからなすぎて二度聞きしてしまった。

突っ込みたいところは色々とある。

この部屋のこととか、私の社交界デビューなのに、私はホールにいなくて良いのだろうかと言うことや、侍女の仕事であるお茶汲みを、ジュリアがギリギリと奥歯を噛み締めながら――それでも私の方を見ては少し怯えたような仕草で、完璧に美味しいお茶を淹れてくれることだとか。

しかし、今はそれどころじゃない。

お茶を淹れ終えたジュリアが部屋から出ていくと、私はお怒りのヴァイオレットさまに、「申し訳ありません」を繰り返していた。

「――たった、三か月。たった三か月で、どうしてこうも豚のように肥えることができるのかしら」

「申し訳ありません……」

「この私が野良犬のようだったお前をそこまで整えてやったというのに、お前という人間は」

の、野良犬……。

「よくもまあこの高貴な体を、こうも損なうことができるのね。この短い爪は何なの。気品が指先に宿ることを知らないの?」

「申し訳ありません…………」

「――ヴァイオレット。いい加減にしろ」

ヴァイオレットさまのお叱りに縮こまる私を見て、クロードさまが鋭い声を出す。

「彼女が太ったのは俺のせいだ。責めるなら俺を責めろ」

クロードさま……!

なんて優しい方だろう。しかしこれほど恥ずかしく、居た堪れない庇い立てがあるだろうか。

ヴァイオレット《私》さまが太ったのは、ダイエットなんて気にすることなく毎日三食を完食して、おやつまで食べきっていた私のせいでしかない。毎日おやつの時間を待ち望み、時にはおかわりまでしていたのだ。

そんな私の葛藤は気にせず、クロードさまがヴァイオレットさまに、怒りのこもった眼差しを向けた。

「しかしそれよりも、まず先に君の勝手で振り回されたソフィアに、謝罪と説明をするべきだ。君の代わりに投獄され辛い思いをした彼女に、何故謝罪も労いもない」

クロードさまが、怒っている。その怒りように驚いて顔を上げた。

怒った姿は何度か見たことがあるけれど、ここまで怒る様子を見たのは初めてだった。

「言っておくが俺は、君の入れ替わりをこのまま黙っているつもりはない。君が塔に入るはずだった三か月分と――無実の彼女を、突然自分の身代わりとして塔に放り込んだ罰。それはきちんと受けるべきだ」

「……けれどお前は、まずはこの私の話を聞くことを選んだ。そうでしょう?」

クロードさまの怒りように全く動じず、ヴァイオレットさまは唇を持ち上げた。

「――お前の思う通り、私がこの小娘と入れ替わったのはヨハネスに毒を盛った人間を見つけ出すためよ」

ヴァイオレットさまの言葉に、私とクロードさまは同時に息を呑み、目を見開いた。

そんな私たちを見て、ヴァイオレットさまは面白くなさそうに「随分仲が良いのね」と片眉をあげる。

「…………岩より硬い石頭のお前が、まさか入れ替わりを信じるとは思わなかったわ。……種明かしをして、怒りや罪悪感でのたうち回るお前の顔を見ることを楽しみにしていたのに」

まったく、楽しみを奪われたわ。

そう不快そうに眉を顰めるヴァイオレットさまは、やっぱり悪魔のようだな……と少しだけ思った。

思ったよりも有能な

「まあ、仕方ないわね。時間が惜しいわ」

ヴァイオレットさまがため息を吐きながら、恐ろしいほどに眩い金色の長椅子に座った。長い足を組む姿は優雅で、そして尊大だ。

「まず先に、お前たちからこの三か月を説明してもらうわ。クロード、さすがにお前はヨハネスの体調の悪さを知っているわよね？」

「……ああ」

クロードさまは盛大に眉根を寄せながらも、頷いた。

「悪夢による不眠、それと食欲不振——と言ってもレッドグライブ伯爵令嬢の作る菓子は召し上がっているが——、他には頭痛や嘔吐、体中の痛みがあるようだ。と言っても殿下はご自身の体調の悪さについて公言なさるお方ではないから、他の症状もあるかもしれない。……裏を返せば、口にしてしまうほどに体調が悪い、とも言える」

「まあ、そうでしょうね」

「しかし、ソフィアの調合レシピを基に作ったミルクを差し上げたところ、症状は……わずかにだが、緩和されたようだ」

「え？」

クロードさまの言葉に、ヴァイオレットさまが私に驚きの目を向ける。そのままぱちぱちと瞬きをした後、クロードさまにかすかな疑いの目を向けた。

「……その疑いの目は心外だが、俺は剣に誓って殿下の体調を自ら漏らしたことはない。彼女が塔の視察に来た殿下の体調を見抜き、よく眠れる効果のあるミルクを差し上げてほしいと言ってくれた。それが、不眠以外の症状にも効いたらしい」

「まあ」

ヴァイオレットさまが、また私に驚きの目を向ける。

「お前……思ったよりも、有能な変態なのね」

「えっ⁉」

変態……変態⁉　どのあたりに変態要素が……⁉

衝撃的な罵りに私が大きなショックを受けていると、ヴァイオレットさまが「褒めているのよ」と眉を上げた。

褒め方としては、些《いささ》か斬新すぎるのでは……？

腑に落ちない気持ちを抱えつつも、そういえば、と思い返す。変態という言葉には、姿形が変わったことを表す意味もあるのだ。太ったことを示唆しているのかもしれない。

「あの……そこは本当に、申し訳ないと思っていまして……」

「……？　まあいいわ、なるほど。だからヨハネスは思ったよりも元気だったのね。てっきり私は、寝たきり一歩手前か、命も危ない頃だと思っていたのだけれど」

さらりと衝撃的な言葉を吐いて、ヴァイオレットさまが私に柔らかな紫色の目を向けた。

「そう。お前が食い止めたのね」

思わず息を呑んだ。

ヴァイオレットさまが私を見る目は悔しがっているようにも、心から安堵したようにも、怒っているようにも、それから何より、悲しんでいるようにも見えたから。

さっきの眼差しは気のせいだったのかもしれない。クロードさまが「どういうことだ？」と顔を強張らせて説明を求めた瞬間、ヴァイオレットさまはさっきまでのように支配者然とした表情に戻っていた。

「端的に言うわ。あの女はヨハネスに、おそらくは何らかの精神作用のある――死に至る薬を盛っている」

「精神作用のある、死に至る薬……？」

殿下の症状を思い出す。体調不良や、曇った瞳。それから、どこか短気になられたのだと。それから殿下の症状によく効いた、トネリコとホワイトセージの効能や副作用、共通点を頭の中で組み立てる。

トネリコやホワイトセージに、解毒といった作用はない。

けれども、何か特定の毒物限定だったら。組み合わせ次第でそんな効能を発揮することは……少なくとも、私は知らない。

今まで読んだ本は、全て頭の中に入っている。

しかしいくら頭の中の毒物と照らし合わせても、殿下の症状と合致する、精神作用のある死に至る薬など、全く思いつかなかった。

焦りながら考えているときに、クロードさまの低い落ち着いた声が響いた。

「……殿下の食事、飲み物、レッドグライブ伯爵令嬢の作る菓子。それから彼女のつけた香水まで、全てに毒性がないことは王宮薬師長をはじめとする薬師が確認している。診察の結果、殿下が毒に侵された兆候がないとも。また複数の毒見係を、殿下と同じような状況下に置くため、殿下と同じものを食べ、飲み、嗅いでいる。……異常なしだ」

そう。それもわからないのだ。毒味係には何の異常もない毒、というのが。

「そんな状況下で殿下が毒に侵されていると、君は断言するんだな」

「そうよ」

ヴァイオレットさまが「王宮薬師長。——あれは気が小さいけれど、腕は確か。それに真面目な人間よね」

薬師長が不正をしたとも考えていないわ、とヴァイオレットさまが言った。

「王宮薬師長の目をも誤魔化す薬を、今度はあの女狐が盛っている」

少し引っかかりのある言葉を使いながら、ヴァイオレットさまが真っ直ぐに私を見据えた。

「――王宮の腕利きの薬師が、どんなことをしても見破れない。そんな薬を作れるのは、アーバスノット家の人間以外に考えられない」

狐退治ＲＴＡ

「え……あーばす……」

聞き間違いであってほしい。

しかしそんな願いも虚しく、ヴァイオレットさまは頷いた。

「私は、お前の祖父が作ったものだと思っている」

「えっ……」

聞き間違いではなかった。実感はないけれど、血の繋がったお祖父さまが毒を作ったかもしれないと聞いて、顔から血の気が引いていく。

そんな私にちらりと視線を向けて、ヴァイオレットさまは「その毒は」と淡々と言葉を続けた。

「悪夢、不眠、嘔吐、頭痛、体の痛みに襲われる。医者に診てもらっても原因はわからず、症状を和らげることもできない。そうしているうちに精神が荒れ、特定の人物に心酔し、その者の言うことは全て肯定するようになり、極端に食が細くなるけれど、その人物が差し出すものだけは喜んで食べる。そして何より甘い花の香りを漂わせて——命を落とす。まるで魔術よ」

「甘い花の香り……」

そう言って、私は以前塔で殿下から香った百合の香の違和感を思い出した。

リリーさまの香水の移り香かと思ったけれど、香りの種類が微かに違っていたのだ。リリーさまの香水よりも、ずっと甘さの強い香りがした。

「確かに殿下からは、とても甘い百合の香りがしました。……けれど今日は、あまり香らなかったような」

「確かにそうね。……三か月前の婚約発表の会では、はっきり香ったのだけれど」

私の言葉にヴァイオレットさまが頷く。

なんとなくだけれど、ヴァイオレットさまはその婚約発表の会で殿下から香る百合の香りで殿下が毒に侵されていると知り、激昂したのだろうと思った。

「……ヴァイオレット。どうしてそんな毒があることを知っている？」

先ほどから黙って話を聞いていたクロードさまが、そう尋ねた。

「ソフィアが知らない毒物、王宮薬師長の目をも誤魔化す毒の存在を、なぜ君が？」

「……詳しいことは、お前たちに話す必要を感じないのだけれど。そうね」

ヴァイオレットさまが答えた。

「あの症状は毒よりも魔術と言った方が説明がつく。けれど魔術をかけられたなら必ず残るはずの魔力の残滓が感じられない。ならば考えられるのは毒物。そう思ったのよ」

これ以上は語らない、とヴァイオレットさまの瞳が言っていた。私も色々疑問に思うことはあるけれど、多分聞いても答えてはくれないのだろう。

そしてヴァイオレットさまが、軽やかに驚くようなことを言った。

「さあ、今からアーバスノットの元へ行くわよ。身の程知らずな女狐ごと、不穏な芽を摘んでやるわ」


と言うわけで、馬車の中だ。

なんという一日なのだろうか。

出獄してからまだ三時間も経ってないけれど、いろんなことがあった。

恥知らず悪女の噂が本当になっていたり、生家が破産しそうになっていたり、社交界デビューとなる舞踏会が開かれて、かつその舞踏会の滞在時間は主役にも拘らず五分だったり。

ヴァイオレットさまが怖かったり、リリーさまとヴァイオレットさまの勝負が怖かったり、太ったことがバレたり、実の祖父がとんでもない極悪人かもしれなかったり。

――記憶の中のお母さまは、とても優しい。そのお母さまのお父さまがひどい人だったら、とても悲しい。

ヴァイオレットさまは「アーバスノットが悪意をもって作ったとは限らない」と言っているけれど……一体、どのような用途で作ったものなのだろう。

「これを見なさい」

私がそんなことを思っていると、ヴァイオレットさまがそう言った。

視線を向けると、ヴァイオレットさまは小さな袋を持っていた。

ヴァイオレットさまが中を開けると、中には美味しそうな焼き色をつけたクッキーがたくさん入っている。

このタイミングでおやつとは、ヴァイオレットさまもなかなかの食いしん坊……と、驚きつつも親しみを覚えていると、それまで何かを考えているようだったクロードさまが何とも言えない顔で「ヴァイオレット」と名前を呼んだ。

「どうやって手に入れたんだ。まさか、盗……」

「この私が盗人になどなるわけがないでしょう？　秘密裏に証拠物を押収しただけよ」

そう言いながら私に小袋を渡し「お前にあげるわ。アーバスノットに見せるのよ」と言った。間違いなく、リリーさまが殿下に差し上げているというクッキーなのだろう。

「もしかしたらお前に毒の解析を頼まなければならないかもしれないから、好きになさい。けれど注意することね。この事件が解決するまで、お前には体調不良になる権利もないわよ」

「あ、ありがとうございます……」

お礼を言って、小袋から一枚のクッキーを取り出す。見た目には何の異常もなく、匂いを嗅いでも、違和感はない。

一口、かじってみた。

バター、小麦、シナモン、砂糖、それから、かすかに柑橘の香り……？

何が入っているのかを舌で判断していると、前と横から鋭い声が飛んできた。

「お前、馬鹿なの⁉」

「ソフィア⁉」

二人から瞬時に叱られて、味わっていたそれを思わず呑み込んでしまう。ごくりと呑み込んだ私に横のクロードさまが青い顔をし、私の手から食べかけのクッキーと小袋を取り上げた。

「いくらお腹が空いていても、毒物の危険性があるものを食べてはダメだろう！」

「ええっ、いえ、お腹が空いていたわけでは！」

私の人物像が、クロードさまの中でひどいことになっている。慌てて手を振りながら弁解した。

「薬師は自分の五感で判断するのが基本です！　あらゆる毒物の耐性もつけてますし、舌で感じて初めてわかることも多く……！」

少量だし、毒見係が食べても問題なかったとのことだし。

私がそう言うと、クロードさまは更に怖い顔をして「君という人は……」と低い声を出す。

それからアーバスノット侯爵家につくまでの間、『体を労ることの大切さ』を懇々と諭され。

ヴァイオレットさまからは、変態を見るような目を向けられたのだった。

なあに、かえって免疫がつく

アーバスノット邸に着くつい三分前に、ようやくクロードさまの健康第一に生きなさい、というお説教が終わった。

世の中の薬師はこんなものだと思うのだけど……とちょっと口を尖らせる。ぜひとも今から会うお祖父さまに、「薬師はこんなもの。なあに、かえって免疫がつく」くらいの一言は言っていただきたい。

だけど……ヴァイオレットさまのお話を聞く限り、それはちょっと難しそうだ。

私のお祖父さまであるエイブラハム・アーバスノットは、幼馴染だった妻――私のお祖母さまを亡くしてすぐに王宮薬師長の座を退いて、以来、ずっと屋敷にこもって少数の使用人以外と極力関わらず、ひたすらに研究に打ち込んでいるそうだ。

あらゆる分野の薬に精通しているそうだけれど、今の専門は精神薬なのだとか。

ヴァイオレットさま曰く、お祖父さまは「致命的に偏屈で、不遜な変態」らしい。

ヴァイオレットさまの家庭教師が以前お祖父さまの弟子だったこともあるので、多少の人となりはなんとなく知っているそうだ。

「アーバスノットは、この私が何年も前から面会を申請しているにも拘らず、申し出を全て拒否している。王家からの招集もよほどのことがなければ拒むのよ。今日の舞踏会にも招待したけれど、断りの手紙がきたわ」

王家からの招集を拒むのか、それは確かに偏屈そう……と思いつつ、私は首を傾げた。

「あの、それなら私たち……門前払いされるのでは？」

「されないように、お前を選んだの」

え？　と首を傾げると、「あの男に会えるのはお前しかいない」とヴァイオレットさまは不敵に笑った。

「薬師として話がしたいとお前の名で手紙を送ったのよ。指輪も同封してね。……ついたわ」

指輪？　首を傾げつつも窓の外を見ると、仄暗い雰囲気のある大きな屋敷の前についた。

ここがアーバスノット侯爵邸らしい。門番がオルコット伯爵家の家紋を見て、心得たように正門を開ける。

家族というものに馴染みが薄い私は、お祖父さまに対しても家族という気持ちは薄い。

玄関へと続く一本道を馬車がごとごと進んでいく音を聞きながら、私はすごい薬師に会うという緊張感で胸がいっぱいだった。

初めて会うお祖父さまは、白髪を後ろに撫でつけて片眼鏡をかけた、いかにも気難しそうな方だった。

瞳は私やお母さまと同じ青みがかった紫色だ。どことなく懐かしさを覚えながら、私は挨拶をした。

「この度はお時間を頂きありがとうございます。ソフィア・オルコットと申します」

「……エイブラハム・アーバスノットだ」

私の挨拶に、お祖父さまが冷ややかに答える。それからヴァイオレットさまやクロードさまに目を向けて「時間が惜しい。薬師でないあなた方の挨拶は不要だ」と告げた。

そんなことを言ったら、ヴァイオレットさまが暴れてしまうかもしれない。

ものすごくハラハラしたけれど、意外にもヴァイオレットさまは形の良い眉を美しく顰めただけで、何も言わなかった。クロードさまも黙って礼をする。

「――十分。君に割ける時間はそれだけだ」

座ってすぐに、お祖父さまは静かな声音でそう言った。

「君が薬師として話したいこととは、何かね」

「はい。見ていただきたいものがあるのです」

私は先ほどのクッキーの袋を取り出し、お祖父さまに渡した。

「あるお方がいつも召し上がっているものです。それに何か、良からぬものが含まれている可能性があるのですが、あの、ええと、それをおじい……いえ、閣下ならご存じではないかと思い……」

言葉を選びながらしどろもどろに話していると、横からヴァイオレットさまの涼やかな声が聞こえた。

「単刀直入に申し上げると、私はあなたが毒物の精製に携わっていると考えています」

直球すぎる言葉に目を剥いた。

今日だけで何度肝が冷えたことだろう。そろそろ凍っていてもおかしくない。

しかしお祖父さまはさして動揺も見せず、そのクッキーを見つめては匂いを嗅ぎ、一口かじった。

ヴァイオレットさまとクロードさまがかすかに息を呑む。

ほら、薬師は皆味覚でも判断するものなのですよ！　と、二人に言いたい気持ちを堪えつつ、お祖父さまの様子を見守った。

クッキーを味わったお祖父さまが、驚いたようにかすかに眉を上げる。

数秒の沈黙の後、口を開いた。

「まず、これは私が作ったものではない。作る理由がない」

「……どういうことなの？」

「そもそもこれは、毒ではない」

そう言うお祖父さまが、私をまっすぐに見つめた。

「この菓子にはプラウニの根とレプランの葉の粉末が混ぜられている」

その植物の名前に、私は思わず息を呑んだ。

「微かな甘さと、ごくごく僅かな柑橘に似た香りが特徴だ。……この二つは似たような作用を持つが、掛け合わせるとより効果が強力になる。どんな作用かわかるか」

「……魔力を、隠すことです」

私が答えると、お祖父さまは少し驚いた顔をして「正解だ」と答えた。

プラウニと、レプラン。

それは既に滅んだはずの植物の名前だ。

数百年前の遠い昔、魔術師の弾圧と共に、大陸から根こそぎ焼き払われている。

その昔、今から数百年ほど前までのこの国は、魔力持ちへの弾圧が最も強かった暗黒の時期だった。

魔力を持っているというだけで迫害され、真っ当な職にもつけない。それゆえ魔術師はプラウニやレプランを使って自身の魔力を隠し、身を守っていたらしい。

しかしそれを知った当時の国王が、「プラウニとレプランを根こそぎ燃やし、絶やせ」と命じてその植物はこの世から消え去った。

その名はもう、当時の古文書にしか記されていない。

この数百年で魔力を持つ人間は少なくなり、魔術師を尊ぶ国との交流も増え、魔力を持つ姫君がこの国に嫁ぐこともあった。

魔力持ちへの嫌悪感が多少は和らいできた四十年ほど前、戦争を無血で勝利した大公の活躍で、この国の魔術師への嫌悪感は一気に払拭されている。

「魔力を隠す、ということは……目的は、殿下に良くない魔術をかけること？　……あっ！　だからトネリコとホワイトセージの処方で」

なるほど、と納得した。

トネリコは神の恩寵が宿る神聖な木で、ホワイトセージには浄化の効能がある。きっと、殿下の体を蝕んでいる魔力を中和したのだろう。

私の様子を見ながら、お祖父さまがまた口を開く。

「とうに滅んだこの植物を、私は四十年ほど前に一度、直接見て味わったことがある。……当時第一王子だったクロムウェル・グロースヒンメルが王位継承権を放棄した際、大公の爵位と共に与えられた北の地。常に彼の魔力によって四季の花々が咲き誇る、あの場所で」

その言葉を聞いて、私はあの塔の中でリリーさまがくれた花束を思い出していた。

冬の時期には手に入れることが難しい、春から夏にかけて咲く花束のことを。

「――――嘘でしょう」

青ざめたヴァイオレットさまが、お祖父さまを睨みつける。

「伯父様がヨハネスを。お母様を殺すわけがない」

その言葉に、クロードさまと私は息を呑んだ。

「エイブラハム・アーバスノット。この私に嘘を吐くことなど許さなくてよ」

「私は嘘を吐かない。――吐く理由がない」

「アーバスノット！」

ヴァイオレットさまが鋭く名前を呼ぶ。その声にお祖父さまはほんの一瞬、痛ましそうな目を見せた気がした。

「……そろそろ十分が経つ。話は終わりだ」

そう言ってお祖父さまが席を立ち、一瞬だけ私の方を見て――振り返ることもなく、出て行った。

お母さまは、お花みたい

ヴァイオレットの母は、王族としての矜持《きょうじ》を持ちながらも控えめで、夫である公爵やヴァイオレットを一番に大切にする人だった。

とても美しい人だった。いつもどんな時でも、美しくあろうとしていた。

ふわふわの金の髪や紫の瞳を見るたび、幼かった頃のヴァイオレットは誇らしさに胸を張ったものだ。

(私のお母さまは、お花みたいだわ)

そう思うのはヴァイオレットだけではない。何せ母は国中から、すみれ姫と呼ばれているのだから。

もちろん、ヴァイオレットの母親はその可愛らしくもつつましいお花より、はるかに華やかで綺麗なのだけれど。自分と母の瞳に似たその花を、当時のヴァイオレットは悪くないと思っていた。

母が体調不良を訴えるようになったのは、ヴァイオレットが五歳になったばかりの頃だ。

いつも体調を表に出さない母が倒れこんだり、声を荒げて物を壁に投げつけたり、そんなことが多くなった。

王宮から薬師を呼んでも、大聖堂の教皇に祈祷をさせても、稀代の魔術師である伯父が診ても、病気なのか他者の悪意によるものなのか、その原因を突き止めることはおろか、症状を和らげることさえもできなかった。

『……こんな時に、アーバスノットがいたなら』

そう父は言った。

しかし既に引退している彼は患者を診察することはなく、薬の開発や研究だけを行うと明言しているらしい。

おまけに彼はつい先日、嫁いだ一人娘を亡くしたばかり。娘の葬儀に出席したアーバスノットは、『研究のためしばらく留守にする』とだけ言い残し、いまだに誰もその居場所を知らないのだそうだ。

そうしている間にも母は弱っていく。花がしおれたような姿に、ヴァイオレットは生まれて初めて不安という感情を知った。

『……お母さま。大丈夫？』

ベッドで横たわる母に、ヴァイオレットは声をかけた。侍女が割れた何かの掃除をしている。何かに気を悪くした母が、投げつけたのだろう。今までそんなことは、なかったのに。

『まだ頭が痛むのなら、ヴァイオレットがそばにいてあげる』

そう言ってヴァイオレットは母の元へ行く。綺麗な金色のまつげが涙に濡れて、とても細くなった腕がヴァイオレットを強く抱きしめる。いつもの母の優しいお化粧品の匂いの中に、嗅ぎ慣れないお花の香りが漂った。

『……ありがとう、ヴァイオレット』

そう言って母は悲しそうに微笑んで、以前のようにヴァイオレットの額にキスをした。母がキスをしてくれたのは、それが最後のことだった。

それから日も経たないうちに、母は父やヴァイオレットを遠ざけるようになった。そばにいることを許されたのは、母付きの一人の侍女だけだ。その侍女にすっかり心酔しきった母は、その侍女の言うことは何でも聞くようになり――そしてすぐに、亡くなった。

だけど亡くなる直前に、母は久しぶりにヴァイオレットを抱きしめた。その痩せた体からはあの花の香りが、強く香った。

『――花は、時に理不尽に手折られる』

棺の中、百合とすみれに囲まれて眠る母をじっと見つめるヴァイオレットに、伯父である大公はそう言った。

父と、もう一人の伯父である国王は泣いていた。ヴァイオレットは泣かなかった。悲しみと同じくらい、強い怒りに震えていた。

母が心酔した侍女は、母の死の数時間後に亡くなった。状況から自ら命を絶ったのだろうと大人たちは言っていたが、彼女はそういう人間じゃないはずだと、ヴァイオレットは思う。

(――きっと、口封じ)

『伯父さまも、お母さまが誰かに殺されたと、そうお考えなのですか』

『……お前は賢い子だ、ヴァイオレット』

大公が少し驚いた声音を出し、それから静かな声でまた言った。

『良いか、ヴァイオレット。お前は美しいだけの花になってはいけない。誰に侮られることも奪われることもない、上に立つ者になりなさい。……そうしたらきっと、お前のお母さまを殺した犯人を捕まえられる』

その言葉はヴァイオレットの胸に深く落ちて、いまだに心の奥の一番底で凍っている。


――久しぶりにそんな過去を思い出していたヴァイオレットは、ゆるく唇を噛んだ。

アーバスノットの言葉に、我を忘れて余計なことを言ってしまった。その不覚を恥じながらも頭の中は混乱していた。

伯父が、犯人などと。

きつく唇を噛み締める。

アーバスノット侯爵家を出て、今はオルコット伯爵家に戻る馬車の中だ。黙って窓の外を眺めているヴァイオレットに、目の前の二人は何も聞かない。

心配そうに、しかし悟られないよう気をつけながらこちらの様子を見守る二人組に目を向けると、ソフィアと目があった。

するとと目の前の少女はこんな時一体どんな顔をすれば良いのだろうか、と悩むような表情を見せ、それからぎこちなく、眉を下げたまま微笑んだ。

その間の抜けた一連の表情に、混乱していた頭もやや冷えた。

「…………………お前の間抜けな顔も、鏡越しに見るのでなければたまには良いわね」

「ま、間抜け……？」

悲しそうに困惑するソフィアは放っておいて、ヴァイオレットは冷静になった頭でアーバスノットの言葉を脳内で繰り返した。

(元々は、アーバスノットがつくった新薬を、女狐をはじめとする悪意のある第三者が使ったのだろうと思っていた)

ならば証拠と犯人を掴み次第、公爵家と王家の圧力で跡形なく潰すのみだと、そう思っていたのに。

(……アーバスノット。あの男が嘘を吐く理由はない。――ならば、やっぱり伯父さまが犯人なんだわ)

大公以外に絶滅した植物を蘇らせるような力のある魔術師を、ヴァイオレットは知らなかった。

考え込むヴァイオレットの表情が少しだけ柔らかくなったことを察したのか、心配そうにこちらを眺めていたクロードが、静かに口を開いた。

「実は君とソフィアが入れ替わって早々に、王宮魔術師にも、そして大公にも入れ替わりの術がないかと尋ねた」

そうするだろうと、予想はしていた。

ヴァイオレットが頷くと、クロードはまた慎重に口を開く。

「王宮魔術師からは『有り得ない』という返答がきた。大公からは、未だに返信がない」

「入れ替わりの魔術は、この私が考案したものよ。だからこの魔術の存在を知っているのは、この世でこの私一人だけ」

だけど、とヴァイオレットはため息を吐く。

「……破門される前に、伯父様の家で見た古代禁忌魔術の術式を掛け合わせ組み替えて作ったものよ。伯父様なら、有り得ないと言われている入れ替わりの魔術も、不可能ではないと察するでしょうね。返事が来ないということは、様子を見ているのでしょう」

強大な効果のある禁忌魔術を応用したとしても、入れ替わりなど、夢物語に近い。

だから大公も半信半疑ではあるだろうが――しかし、この世で一番ヴァイオレットの実力を知っている彼ならば、有り得る、と判断するだろう。

「禁忌魔術……」

「言っておくけれど、私のような天才が数度使ったところで何も問題ないのよ。私だけじゃなくて伯父様だって使っていたわ」

苦い顔のクロードに平然と言う。

禁忌魔術というのはその名の通り、使ってはならないと定められている魔術だ。強大な効果の代償として、少しでも術がぶれてしまえば、精神や肉体に重篤な障がいが残りかねない。

（……それにしても、伯父様が本当に犯人ならば。この娘と入れ替わったと知られたら危険だわ）

ヴァイオレットの投獄のきっかけになったリリーへの平手打ち。ヨハネスの死と母の死の関連性に気づいたが故のものだと、大公は気付いているだろう。

そしてもしもヴァイオレットが誰かと入れ替わったのならば、犯人捜しをしているに違いないと大公は思うはずだ。

ソフィアの体に入ったヴァイオレットは、ソフィアの噂通りに動いている。引きこもりが社交界デビューのための舞踏会を開いたというのは多少の変化かもしれないが、十六歳という年齢を考えれば大して不自然でもないだろう。

だがしかし――ヴァイオレットは、先ほどソフィアの姿でリリーに釘を刺してしまった。もしも彼女と大公が繋がっているのなら、入れ替わった先がソフィアだと気付くのは時間の問題だ。

（……しくじったわ。思わず激情に駆られてしまった）

体を戻してから釘を刺すべきだった。

何の関係もない小娘を危険に晒しても良いと思うほど、ヴァイオレットは誇りの無い女ではない。

（これ以上一緒にいたら、余計に目をつけられてしまうわね）

ヨハネスの病状が魔術によるものだと分かった以上、ソフィアの能力は必要ないだろう。

秘密裏に護衛はつけるが、ソフィアとは距離を置くべきだ。

ヴァイオレットは、神妙に話を聞いているソフィアに目を向ける。

「お前、今の話は聞いていたわね？　……犯人かもしれない私の伯父に、お前との入れ替わりが知られてしまうかもしれない」

「あ、なるほど、英雄とまで呼ばれるお方なら、もう知っていてもおかしくありませんよね……」

「そうね。私も一応、お前を巻き込んだ責任を多少は感じているの。秘密裏に護衛をつけてあげるから、お前はしばらくオルコット伯爵家でのんびりと引きこもって……」

「えっ？　……あ、五分くらいのんびり休憩をしてあとは死ぬ気で働けということですか……？」

きょとん、とした表情でソフィアが首を傾げた。何を言いたいのかわからず、ヴァイオレットは眉を顰める。

その表情にソフィアは少々怖気付きつつも、「症状は抑えられているとはいえ、殿下のお体は早く治さなければ危ないと思うので……」と言った。

「お祖父さまの言っていた、プラウニとレプランについて恥ずかしながら私も勉強不足なのですが、お母さまの遺した古文書を見ればきっともう少し詳しいことがわかると思います。その効能を止める薬がもしも作れたのなら、魔力の痕跡が見えるはずです」

そうしたら、犯人もわかるのではないでしょうか。

そこは少しだけ目を伏せ、声のトーンも落としながらソフィアが言った。

（――ずっと怯えているだけの、心の弱い普通の小娘だと思っていたけれど）

もちろん異常な薬好き、という側面はあるのだが。思ったよりも芯の強い姿にヴァイオレットは驚いた。

「……ソフィアを一人にするのも心配だ。犯人がどんな人物でも、証拠を残さないように慎重に行動をしている以上は君と俺が側についていた方が、騒ぎを避けたい犯人にとっては手が出しにくいかもしれない」

複雑そうな顔をしたクロードがそう言った。この頭が固い男なら、何の関係も無いか弱い少女を巻き込むべきではないと賛成するだろうと思っていたのに。

意外な展開にヴァイオレットはわずかに困惑をしたが、すぐに、少しだけ唇を持ち上げた。

「……わかったわ、頼むわね。ソフィア」

初めて名前を呼ぶと、ソフィアはぱちぱちと目を瞬かせ、嬉しそうに微笑んだ。

「そのプラウニとレプランという草の効能を打ち消す薬を、今日中に作りなさい」

「えッ⁉⁉　も、もうそろそろ夕方なのですけれども……！」

五分はのんびりする余裕があったはずでは……⁉　と騒ぐソフィアを黙殺しながら、ヴァイオレットは口元に笑みを浮かべていた。


伯爵邸に着くと、パーティーはもう終盤だった。

体調不良で席を外していたと招待客に詫び、最後の挨拶だけをすませるソフィアに目を向ける。

ソフィアの異母妹に嫌がらせで作らせたハンカチは招待客に好評だった。全て渡し終えたあと

「お前の妹に三百枚刺繍するよう命じたの」とソフィアに教えてやると、ソフィアは「さんッ……!?」と目を剥いて青ざめ、異母妹に憐憫の目を向けていた。

芯から愚かな小娘だと呆れつつ、全て挨拶を終えたあとヴァイオレットたちは、「今日からここに住め」と言われたら犬でさえも惨めさに涙しそうな、あの物置部屋へと向かった。

「これは……」

当然の反応だろうが、およそ十六歳の伯爵令嬢が住んでいたとは思えない部屋に、クロードの強張った顔がさっと青ざめる。

「わあ、久しぶりに見ると……ちょっとひどいお部屋ですね」

しかしソフィアはそう恥ずかしそうに頬を赤らめつつ、ベッドの上を見ては「ああ、薬草が枯れている……！」「あ、この薬見たことのない色になっている……!?」と嘆いたり好奇心に満ちた表情をしたりと、忙しそうに振る舞っていた。

しかしすぐに目的を思い出したのか、ハッとしてそこだけは立派な本棚に急ぐ。

「このあたりに古文書が……あ、あったあった！」

ソフィアが色褪せ、ボロボロになっている古文書を何冊か、丁寧に取り出した。

その一つ一つを優しく、しかし手早くめくっていく。もう解する者も少ない古代語で書かれたそれを、彼女は凄い速さで目を通していった。

俺にもできる

お母さまが遺してくださった古文書は、三十冊前後。

その中からまだ目を通したことがない五冊を取り出す。

当然のことだけど、古文書に書かれた情報は古い。

遠い昔から今に至るまで研究は進んでいるし、今もある薬草だって、長い年月をかけて少しずつ変化しているのだ。

それに何より。古文書に記された薬草は、今は手に入らない植物も多い。

ああ、この薬草使いたかった……！　そういう気持ちがこみあげてくるので、私は今まで古文書を好んで読もうとはしなかった。

といっても古文書にはすでに失われている薬作りの技術や、貴重な情報というものもたくさんあって、とても面白かったりもするのだけれど。

そんなことを思いながら、触ればすぐに壊れてしまいそうな古文書を繙いた。周りの音も聞こえないほどの集中力を、全て文字を読むことに注いで頭の中に入れていく。

なかなか現れないプラウニとレプランの記述を探して、どれくらい経った時だろうか。

「……あった！」

見つけた瞬間思わず叫んで、最後の五冊目に書かれたその記述を指で押さえた。

ヴァイオレットさまとクロードさまが一緒にのぞき込む。二人ともあまり古代語には慣れていないようだったので、私は声に出してその文章を読み始めた。

「――……プラウニと、レプラン。迫害される魔術師を救ったのはその二つの植物であった。ひとたびその植物を体内に入れると魔術師の体内にある魔力は、魔力を持たない人間どころか、同じ魔術師にさえ感知できなくなる。奇妙なことにその二種類の植物は、通常感知できるはずの魔力を花の香りだと錯覚させる効果があった。魔力が人によって変わるように、花の香りも人により変わる」

その言葉から始まる文章には、プラウニとレプランの効能が詳しく書かれていた。

「単体で摂取した場合、通常は一日程度の効果がある。しかしこの二つを乾燥させ混ぜ合わせたものを摂取すると、その効果はより強く、また五日程度にまで長くなる。この効果を遮断するにはクエルの種が微かな効果を齎すと言い伝えられているが、しかしその効果は充分ではない……」

記述はここまでだった。

ほぼほぼお祖父さまの言う通りの内容だ。

新しくわかったことは、殿下から漂う百合の香りの正体は魔力だということと、人によって香りの種類が変わるということだ。それから。

「錯覚……」

それから、クエルの種。

これは頭を覚醒させせる効果がある実で、私も眠い時にはよくお世話になっている。煎じた汁を飲むと頭も視界もスッキリとクリアになるのだ。幸いなことに、このオルコット伯爵邸の庭にも生えている。

プラウニとレプランは、魔力と合わさると人間の感覚器官を少しだけ狂わせるのかもしれない。方向性がわかったら、あとはそこから色々試していくだけだ。

「庭から薬草を摘んできます!!」

私はそう言い残して、呆然とする二人を置いて駆け出した。


「ふう……疲れた……」

きりが良いところで集中力が途絶えて、私はずるずると床に座り込んだ。

「もうとっくに深夜だ。……休んだ方が良い」

クロードさまが心配そうな顔を見せる。確かに気付けば窓の外はどっぷりと暗くなっている。しかしもう少しだけ終わらせたいことがある私は、ヘラッと笑って首を振った。

「大丈夫です……寝てしまえば明日が来てしまいますからね……」

「ソフィア。寝ても寝なくても明日はくる」

無茶を言った本人はもう寝ている、とクロードさまが眉を寄せた。

聞くところによるとヴァイオレットさまはもう自室……元ジュリアのお部屋で休んでいるらしい。

今更だけれど、三か月ぶりに出獄したというのにヴァイオレットさまは公爵邸に帰らなくて大丈夫なのだろうか。

「もう薬は完成したんだろう？　……今日は色々とあった。本当にそろそろ、休んだ方が良い」

「まあ、それはそうなのですけれど……」

そう、ヴァイオレットさまに言われた薬は完成していた。ちなみに実験体にはクロードさまがなってくれたので効能はバッチリ確認済みだ。

リリーさまのクッキーを食べ、ヴァイオレットさまが（おそらく）人体に害がないような魔術をかける。ヴァイオレットさまの魔術は百合ではなく薔薇の香りがしたので、確かに記述通り人によって香りは変わるのだろう。

そこで私の薬を飲んでもらい、何十回か試してようやく、錯覚が消える配合を見つけたのだ。

——だけど。錯覚が消えたからと言って、殿下の体が魔術に蝕まれていることには変わりはない。なので明日までに、私はもう一つ作っておきたいものがあった。元々調合レシピがあったものなので、クロードさまの治験は必要ない。

「あとは沸騰しないよう見守ってあげるだけなので……大丈夫です。のんびりできます」

一番気を使う作業は終わったので、あとは見守るだけだ。

私は鍋の中に入れた金色の液体を見つめる。じっくりと弱火で煮込まなければならないけれど、沸騰してしまえば薬効が消えてしまうのだ。

私の言葉に、クロードさまがかすかに眉を寄せて「ちなみに」と聞いた。

「あとどれくらい煮るんだ？」

「そうですねえ……あと、五時間ほどでしょうか」

五時間、とクロードさまが目を見開き、小さくため息を吐いた。

そうして私の横にどかっと座り、自分の肩を軽く叩く。

「……？　あ、肩こりですか？　確か肩こりに効く薬が……」

「違う違う」

では何が？　と思ってクロードさまを見つめると、彼は少し恥ずかしそうに頬を赤らめて「君は休んだ方が良い」と言った。

「沸騰しないように見守る程度なら、俺にもできる。五時間ほど煮たら火からおろせばいいか？　他に何かすることが？」

「あ、いえ。あとは常温で冷まして完成なので、火からおろすだけで……」

「ならば問題ない。……もちろん、俺は君にベッドで眠ってほしいが。君は心配だろう？」

そう言うクロードさまは、肩を貸すから少し眠った方が良いと言っているのだろうか。

確かに体は疲れて重いし、だけどここから離れたくはないけれど。

「だけど、眠った方が良いのはクロードさまも一緒なので……」

「俺はこれでも鍛えているし、何も役に立てていないからな」

そう苦笑するクロードさまが、「君はよく頑張った。……あとは寝るんだ」と言った。

何も役に立てていないなんて、そんなことはないけれど。そう言われるとつい眠気がさしてくる。

正直に言って今日はとても疲れてしまった。

「では……すみません」

そう言ってクロードさまの肩にもたれる。目を閉じた瞬間に泥のような眠気がやって来た。

「お休み、ソフィア」

クロードさまの優しい声がする。

このうつらうつらと眠りに引きこむ瞬間、誰かにそう言われることが懐かしくて。

「お母さまみたい……」

思わずそう言うと、長い長い沈黙のあとに、「そうか……」と言う声が聞こえた。

私もたくましくなったと思う

眩しくて目が覚めると、外はもう朝になっていた。

いつの間にか私はクッションを枕にして眠っていたようだ。体にはクロードさまの上着がかけられている。

どこかに行ってしまったのか、今は姿が見えない。

「……あ、薬！」

ハッとして鍋を見ると中身は空っぽになっている。そのすぐ横に、丁寧に瓶に詰められた金色の薬が朝日に照らされて輝いていた。

この透ける金色はきちんと薬効が生きている証拠だ。クロードさまがきっちりと、時間通りに火からおろしてくれたのだろう。

ホッと安心していると、キィ、と音を立てて扉が開く。見るとクロードさまで、私を見て「起きたか」と目を細めた。

「クロードさま！　おはようございます」

「よく眠っていたようだが、疲れはとれたか？　今日も忙しくなりそうだ」

「はい！　……あの、ありがとうございます。薬も、それから上着も……」

「大したことじゃない。男として当然の勤めだ」

どことなく男、という言葉を強調したクロードさまが「朝食の時間だ。ヴァイオレットも食堂で待っている」と言った。

一瞬この家での食事か……と思ったけれど、ヴァイオレットさまがいるのならもしかして普通の食事が食べられるのでは……!?　と期待に胸が躍る。

そんな私を見てクロードさまが、少しだけ微笑んだ。

「それを食べたら、すぐに王宮に行くそうだ」

「王宮……あ、お薬を届けてきてくださるんですね」

得心がいって頷くと、クロードさまがちょっと驚いた顔で「何を言う」と言った。

「君も行くんだ」

「……え？」

というわけで、またもや馬車の中だ。

朝食を食べ終え、見たことのない豪華なドレスに身を包んだ私は、ゴトゴトと揺れる感覚に死にそうになっていた。

引きこもりには一生縁がなかっただろう、王宮というきらびやかな場所に行く緊張もそうだけれど、それ以上に私は生まれて初めて陥った胃もたれに苦しんでいる。

今日の朝食は品数が多すぎた。生クリームやバターがふんだんに使われた贅沢な食事の数々は、塔の中の豪華な食事の五十倍は豪華だった。いつか革命を起こされる国王の食事だと思った。

ちなみにジュリアやお義母さまやお父様の食事は、ヴァイオレットさま――つまり私の朝食の後に用意されるのだそうだ。もうこれくらいの掌握ぶりには驚かない。私もたくましくなったものだと思う。

「お前、食べ過ぎなのよ」

遠い目をして窓の外を眺めていた私に、ヴァイオレットさまが呆れたように言った。

「食べたいものだけを少しずつ食べられるようにあの品数なのよ。すべてを食べようとする愚か者がどこにいて？」

「の、残すのはもったいないと思って……」

そう。私は主人が手をつけていない食事は、使用人が食べるものだということを知らなかった。

クロードさまが途中で教えてくれたけれど、そのころには私はもう満腹を通り越していて「今日のお昼はいらないかもしれない……」という気持ちになっていた。

「大丈夫か」

クロードさまが心配そうな目で私を見た。

「馬車を急がせているから振動で余計に辛いだろう。あと少しで王宮につくが……耐えられるか？」

クロードさまが優しい。だけど食べ過ぎを気遣われているなんて、とても恥ずかしい。そう思いつつ、私は頷いた。

ヴァイオレットさま曰く、大公はとても頭が回る人なのだそうだ。だからできるだけ早く先手を打つことが大切なのだと、こうして早朝から王宮に向かっている。

「――もしも伯父さまが犯人ならば。私とお前が入れ替わったことに気付いていても不思議じゃないわ」

ヴァイオレットさまが険しい顔でそう言った。

「あの女狐には昨日釘を刺してしまったし、モーリス……あの神父がお前の元に通っていたのでしょう？　あれは伯父様の子飼い。監視だったのだわ。……まあ、幸いなことにあの男がまともに監視し、報告ができるのかは怪しいけれど」

伯父様の前ではまともに振舞うから、あの男の愚かさは知らないはず。

そう言ったヴァイオレットさまにあの神父さまの顔が浮かんで、まともに振舞う神父さま……？と私は首をひねった。

「とはいえ、昨日あの女狐はお前にヨハネスを診させようとしていた。いくらアーバスノットの血を引くお前でも、見破られることはないと油断していたはずよ。……だから今日、お前のその薬を使って、一気に決着をつけるわ」

誰であろうと報いは受けさせる。そう言ってヴァイオレットさまが、凛々しい顔を見せる。

その表情を見て、私はずっとあった疑問がふつふつと湧いてくるのを感じた。

――もしも。もしも大公が本当に犯人ならば、どうして大公は殿下や、ヴァイオレットさまのお母さまを害したのだろう。

遠い昔に英雄として名を馳せ、その直後に王位継承権を放棄した大公は静かに北の地で暮らしているのだと、クロードさまは言っていた。

一度放棄した王位継承権を、再び手にすることはできない。しかし他の王族すべてが亡くなったら話は別だ。

――例えば、大公が王位の簒奪《さんだつ》を狙っていたら。

陛下はもちろん、ヴァイオレットさまも狙われるのではないだろうか。

……だけど。もしも私が大公なら、お母さまの死を怪しんでいたヴァイオレットさまから狙う、と思う。

大公の考えていることが、全くわからない。それはきっとヴァイオレットさまも同じなのだろう。

凛と背筋を伸ばすヴァイオレットさまの姿が、どこか不安を感じているような気がして。私は胸に抱いた薬を、ぎゅっと握り締めた。

第五章
目が覚めたら投獄された悪女だった

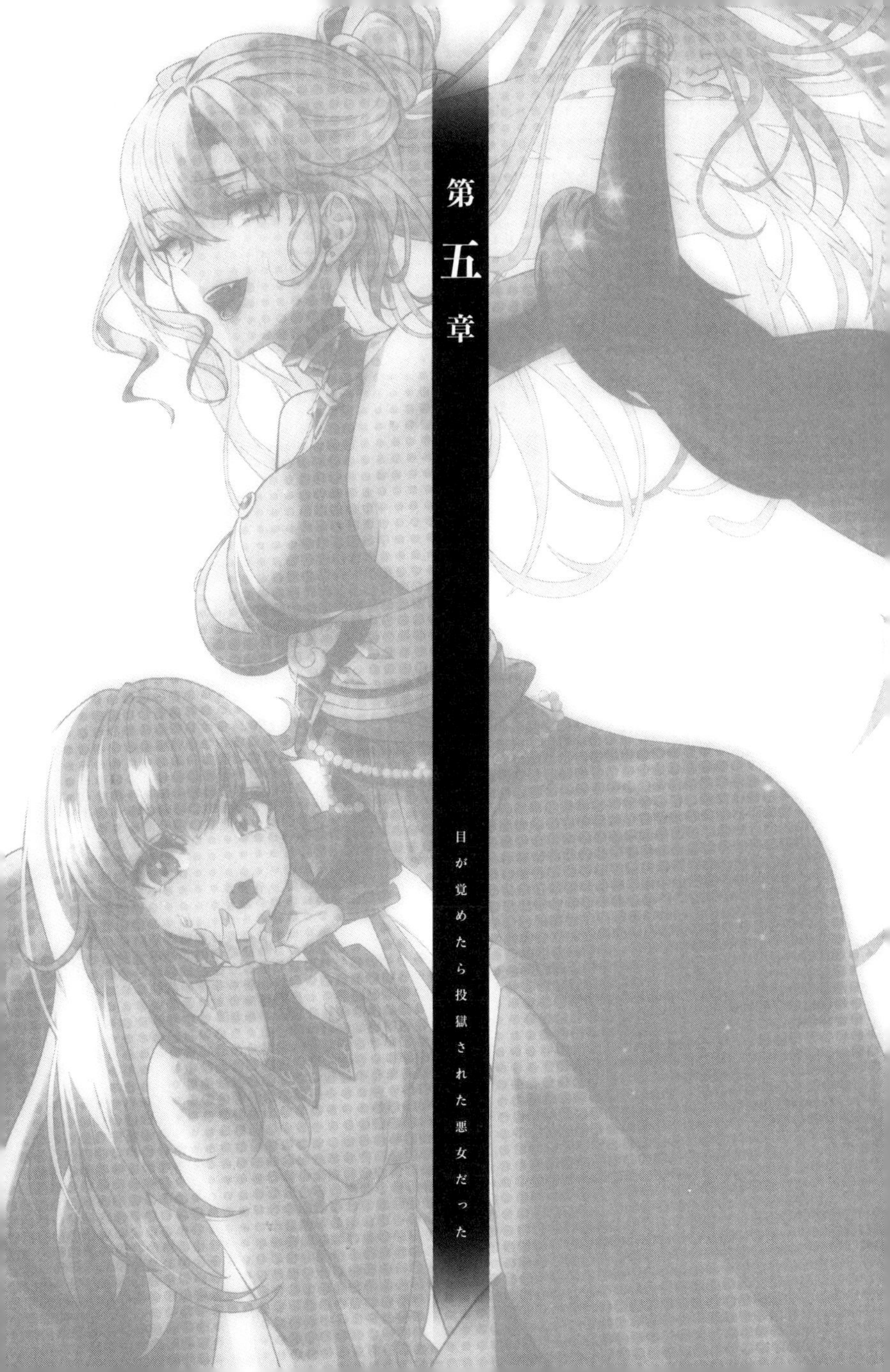

付き合う友人は、少し考えたほうが良い

生まれて初めて目にする王宮は、目が痛くなりそうなほどきらびやかな場所だった。

歩くだけでなにかしらの罪に問われてしまいそうな場違いな私と違って、ヴァイオレットさまとクロードさまは全く臆さず、背筋を伸ばして威風堂々と歩いている。

「陛下と妃殿下。そして殿下が既に謁見の間でお待ちだそうだ」

長い廊下を歩きながら、クロードさまが言う。

彼は朝一番に私たちが訪れることを伝えてくれていたのだそうだ。

「大切な話がある旨を伝えてもらっている。人払いもされているはずだ」

「そう」

ヴァイオレットさまが頷く。

「その三人だけならば、私が言えば間違いなくその場で薬を飲ませることができるわね。――余計な邪魔が入る前に、急ぐわよ」

「なんだかそのセリフ、少しフラグが立っているような気がしますね……」

私がついそう言うと、ヴァイオレットさまにぎろりと睨まれてしまった。

謁見の間につくと、そこには国王陛下や王妃殿下、ヨハネス殿下。

そしてもう一人、見知らぬ人がいた。

「……！」

その方を見た途端、ヴァイオレットさまとクロードさまが瞬時に警戒し、身構えたのがわかった。

黒いマントに身を包んだその人は、背の高い大柄な方だ。黒い髪を後ろに流していて、精悍な顔立ちがよく見える。左の眉から目の下にかけて、大きく古い傷跡があった。

そして何より、鈍感な私にもわかるほどに溢れた魔力で。

柔和に微笑むその方が大公閣下だと、すぐにわかってしまった。

「──久しぶりだな、ヴァイオレット」

大公閣下が、耳に響く低い声でそう言った。

「伯父様……」

「塔から出たその日に外泊とは感心しないな、ヴァイオレット。──それに付き合う友人は、少しだけ考えた方が良い」

そう言って大公が、柔らかく細めた──けれど温度のない眼差しを私に向ける。

友人とは、私のことだろうか。言われた言葉に戸惑っていると、すぐ横にいるヴァイオレットさまが落ち着いた声音を出した。

「私が誰と付き合おうが、伯父様には関係のないこと。それになぜ、伯父様がここにいるのです?」

「君と同じだ。陛下に大切な話があってこちらに来たが——私の方が、少し早かったようだな」

「大切な話？」

ヴァイオレットさまが眉を上げて、玉座に座る陛下に目を向ける。その眼差しに陛下は少し困ったように眉を寄せながら「重大な話だ」と頷いて、私に鋭い目を向けた。

大公と陛下のあまりよろしい意味ではなさそうな眼差しに怯えて、思わず息を呑む。

——な、何故こんな目で見られているんだろう。王宮に相応しくない場違いさだから……？

やっぱり家で待っていればよかったかな……と後悔に震えていると、陛下が私から目を逸らさないまま口を開いた。

「ヴァイオレット。彼女がソフィア・オルコットで間違いはないか」

「……だったらどうだと言うのです」

ヴァイオレットさまが、警戒心を露わにして陛下を強く見据えると、大公は微笑みを崩さずまた目を細め、「罪人と君が付き合うことを、陛下は心配していらっしゃる」と言った。

「えっ」

罪人……⁉

大公の言葉に、驚いて思わず変な声が出た。

横のヴァイオレットさまやクロードさまからも息を呑む音がして、クロードさまが「大公！」と彼の名前を呼んだ。

「罪人とは。何か勘違いをされています！　彼女は……」

「知っているとも。彼女はアーバスノットの孫娘。——彼女の作る薬も王家の管理下にあり、勝手に売買することは禁じられている。……心当たりはあるだろう？　オルコット伯爵令嬢」

ハッと、私とヴァイオレットさまは同時に息を呑んだ。

心当たりがありすぎる。冤罪でも勘違いでも策略でも何でもなく、間違いなく私は犯罪を犯していた。

だらだらと、冷や汗が流れる。

何の弁解もできない私に、クロードさまの表情が強張る。ヴァイオレットさまは動揺が滲んだ声で「陛下」と口にした。

「アーバスノットの薬が売買されたことは事実ですわ。けれどそれはこの娘の義母が仕組んだことであり、この娘は自身がアーバスノットということも知らなかったのです。捕らえるのならば、まず義母を……」

「ヴァイオレット、それは無理がある。もちろん家族も調査対象には入るが——悪女と名高い彼女に、オルコット伯爵家の者たちは誰も頭が上がらなかったと言うではないか。先日の舞踏会が良い証拠だ。それも踏まえて現時点では、オルコット伯爵令嬢の独断で行ったことだと推測せざるを得ない」

そう言う大公が、「そうでしょう、陛下」と告げると、陛下は渋い顔で頷いた。

「アーバスノットの薬は、物によっては混乱を招きかねん。たとえ自身の薬であっても、売り飛ばすなど言語道断だ。……処罰は、せねばなるまい」

「陛下、お待ちください。まず今日私がこの娘とここにきた理由を……」

「ヴァイオレット」

ヴァイオレットさまの言葉を、大公が静かに名前を呼んで遮った。

「君は婚約発表の場で、レッドグライブ伯爵令嬢にひどい行いをした。今まで私も陛下も公爵も、つい君を甘やかしてしまっていたが——よほどの大義がなければ許されないような行動をした君を、私を含めた皆が、多少の危機感を持って見守らねばならないと決意したのだよ。君の言動は、しばらくは信頼に欠けるものとみなさねばなるまいと」

それに、と大公が柔らかく微笑んだ。

「——例えば。そう、例えばだが。今ここにオルコット伯爵令嬢が、王家に献上する薬を持ってきていたとする。けれども彼女が暫定的に罪人である今、その薬は大変な時間をかけた、綿密な調査が必要になるだろう」

陛下や殿下に背を向けた大公が、唇だけで『君の負けだよ』と呟いた。

「——！」

ヴァイオレットさまが、小さくなにかを呟く。あたりを震わせるような大きな魔力がヴァイオレットさまの体から風と共に巻き起こった。

怒っている。そして、きっと私を逃がそうとしている。ヴァイオレットさまはこちらをちらりとも見ていないけれど、なぜかそう思ってしまった。

そんなヴァイオレットさまを見て、大公はふっと微笑む。余裕のある、強者の笑みだった。

「ヴァイオレット。君は元教え子であり、可愛い姪で、私の宝だが。――しかし少々、おいたが過ぎるな」

そう言った大公が指を振り小さく何かを呟くと、ヴァイオレットさまが急に目を見開き、喉を押さえた。

「これでしばらくは話せないだろう。無論、詠唱も。――何をぼやぼやとしている。捕らえよ」

大公が、隅で控えていた騎士さまたちに鋭い声でそう命じた。

ハッとした騎士さまたちが、こちらに向かって来る。

咄嗟に後ずさったけれど、すぐに距離を詰められる。私を捕らえようとこちらに手を伸ばす騎士さまに、足がすくんでぎゅっと目を瞑った。

どうしよう。ヴァイオレットさまは大丈夫なのだろうか。それに私が捕まったら殿下は――と自分の愚かさを呪っていると、騎士さまたちが戸惑う気配がした。

「!」

おそるおそる目を開けると、私を庇うようにクロードさまが立っていた。

大公が、眉を上げる。愚かな、と小さく呟く声が聞こえた。

「クロード、何をしている！」

ヨハネス殿下の、焦ったような声が聞こえた。顔を向けると、声と同じくらい焦った表情の殿下が「彼女は間違いなく咎人だが、悪いようにはならない」と言った。

「彼女が薬を売るように頼んだ使用人の証言をはじめ、薬を売った先の帳簿、押収した薬を王宮薬師が『この技術は間違いなくアーバスノットのもの』と認定したことなど、確たる証拠がある。――しかし、彼女はアーバスノット。その才と若さを見込んで、量刑は従来より軽いものにしてはどうだと、大公は仰ったのだ」

大公がそんなことを言ったのならば。それはもう、嫌な予感しかしない。

私がそろそろと大公に目を向けると、彼はやっぱり微笑みを崩さないまま、柔らかな声を出した。

「現アーバスノット侯爵は精力的に新薬を開発しているが、残念なことに、決して人間は診ないと言っている。――次代の王のためにも、君のような若き才能は必要だ」

次代の王。

妙に耳に残るそのフレーズに、これはやはり王位を狙って事件を起こしたのだろうと思う。

けれど、もしもそうならば、真実を知ったヴァイオレットさまやクロードさまも……危ないのだろうか。

拭えない違和感を覚えつつも、もしそうだったらと思うだけで、血の気が引いていくのがわかった。

「犯した罪の重さを考えると、本来君は数年牢に入るべきだが、その才能を幽閉で無為に潰すのは惜しい。――幸か不幸か私は花が好きな魔術師で、どんな植物でも咲かせることができる。何もない不毛の地でも、すでに絶滅した植物であっても、春夏秋冬、どの季節の植物であっても」

そう言った大公が、一見優しく見える笑みを浮かべた。

「そんな場所ならば、君も薬作りの腕を鈍らせることはないだろう。正式な幽閉期間は、秘密裏に行われる君の家族も含めた調査が終わってから決められるだろうが。少なくとも一段落するまでは、私が責任を持って君を預かり、監視する。――なに、悪いようにはしない。ヴァイオレットが投獄されていた、あの塔よりは居心地が良いだろう」

「クロード、これでわかっただろう。いつ彼女と仲良くなったのかはわからないが、悪いようにはならない」

「いいえ、殿下。――彼女には、誰であっても指一本触れさせるわけにはいきません」

大公と殿下の言葉に、クロードさまは淡々と答えた。私の姿を隠すように体を動かし、周りの騎士さまたちを威圧している。

だけど陛下の元へ謁見に来たクロードさまは、帯剣をしていない。

クロードさまはきっとお強いだろうとは思うけれど、丸腰のまま武装している十数人の騎士と英雄と呼ばれた大公相手では、分が悪すぎることは私にもわかる。

運よく逃げ出したところで。そうしたらきっともう、殿下に薬は届かない。

――ここに薬があるのに。間違いなく、大公が犯人なのに。

だけど今この空間は、紛れもなく大公が支配している。おそらく殿下の体調不良の原因や、過去のヴァイオレットさまのお母さまを手に掛けた犯人が大公だと言ったとしても、きっと信じてもらえない。薬も飲んでもらえず、状況が悪化することは目に見えていた。

――だったら、私にできることは。

怖さに震える足を叱咤して、一歩踏み出そうとした時、大公の声が響いた。

「――王家に逆らうか。第一騎士団長、クロード・ブラッドリー」

「王家に、忠誠を誓っていればこそ」

体の芯から冷えるような二人の声に、陛下や妃殿下、殿下が困惑して止めようとしている。

このままではクロードさまに何らかの処分が下されることは間違いなくて、私は震えも忘れて慌ててクロードさまのマントを引っ張った。

「ク、クロードさま！　私！　行きます！」

「なっ――……、何を言ってるんだ！」

「罪は罪なので！　ヴァイオレットさまのことを、よろしくお願いします！　魔術で声が出なくなったなんて、大変です！」

私の言葉に、クロードさまは私の言葉を酌み取ってくれたのか、ハッとしたような表情をした上で、それでも「だめだ！」と怒った。

だけどだめだと言われても、怖くても。これが最後のささやかなチャンスであることは間違いない。

ヴァイオレットさまを見ると、彼女も怒り狂ったような目を向けつつも、だけどそれしか道がないことを悟っているのか、難しい表情をしている。

それでも視線が怖いことに変わりはなく、心が折れそうだ。本当に怖い。

――そう、このヴァイオレットさまの視線に比べたら、大公なんて……！

そうなけなしの勇気を奮い立たせながら、私は止めようとするクロードさまを振り切って大公の元へ向かう。

大公は一瞬驚いた顔を見せたものの、薄く笑って恭《うやうや》しく私に手を差し出した。思い切って、その手に手を乗せる。

「……それでは、陛下、妃殿下、殿下。私は一度、彼女を連れて領地に戻ります。──捜査をよろしくお願いします」

「あ、ああ……わかった」

大公の美しい礼に、陛下が困惑しつつ答える。状況が状況だからかもしれないけれど、陛下はどことなく、大公に遠慮がちだ。元々気弱な方なのだろうか、それとも弟だからだろうか。

そんなことを思っていると、足元が青く光る。転移魔術というものだろう。体がふわりと浮く瞬間、大公がヴァイオレットさまに向かって口を開いた。

「お前に以前、話しただろう。──時が来たら花を贈ると」

大公を睨みつけているヴァイオレットさまが、怪訝そうに大公を睨みつける。

──花を贈る？　百合の花の香りのことだろうか。

頭に大きなはてなマークを浮かべつつも、体が浮き上がる瞬間、私はクロードさまとヴァイオレットさまに向かって大きく頷き、微笑んでみせた。

（──お迎えを、お待ちしています……！）

そう念じた瞬間、体がふわっと浮いて。私は王宮から大公の住む北の地へと、転移した。

ただ殺してはつまらないだろう

ついた場所は、色とりどりの花が咲き乱れる美しい場所だった。

どこからか風が吹いて、甘い香りのしそうな花びらの数々がひらひらと空を舞っている。

石造の壁に囲まれたここは、中庭のようだ。

見上げれば冬には見ることができないような青空が広がっていた。魔術で作った空なのだろうか。

そしてこの場所には、花だけではなくてさまざまな植物がなっていた。

――あれはカバナの花……⁉　あ、ここに咲くのはロハプでは……⁉

まったくもってそんな場合ではないのに、ついついその植物たちを熱く凝視してしまう。

あれもそれもこれもどれも、文献で見ては触りたいと身悶えた覚えがあるものばかりだ。とうに絶滅したり、遠い南の国の植物だったりと、一生見ることも触ることも叶わないものなのだろうと諦めていた、幻の植物たち。

――こんな、全薬師が垂涎《すいぜん》してやまない楽園のような場所がこの世にあったなんて……！

私が触りたさに疼く右手を（いえいえここは敵の本拠地……！）と、なけなしの理性で抑えていると、後ろから大公の声が聞こえた。

「……こんな状況下で、よくぞまあ。さすがはアーバスノット、と言ったところか。血とは怖いものだ」

目を向けると、作り物めいた微笑を浮かべた大公と目があった。

「――私は臆病な男でね。いつもあらゆる最悪の状況を想定して動いている。そんな私の計画の中で、君は少々計算外だったな」

「計算外……それは、入れ替わりのことでしょうか……？」

「ああ、それも予想外ではあった。ヴァイオレットをみくびっていたよ。おまけに手配した監視が報告も満足にできないせいで、確信を持つまでに随分と遅れてしまったが……まあそれは、瑣末なこと。計算外は君の能力だ」

そう言いながら、彼は迷惑な珍獣を観察するかのような視線を私に向けた。

「……大した教育も受けていない娘が、ヨハネスに注いだ魔力を緩和しただけでも困りものだった。そして実の娘にさえ背を向けていたアーバスノットと対面を果たし、国王と王太子に謁見を申請した――プラウニやレプランの存在に気付き、それを無効化する薬を作ったということだと、私は思ったのだが」

実の娘とは、私のお母さまのことだろうか。

一瞬そこに気を取られたけれど、大公が微笑みながら向けた目線にたじろぐ。冷たい、一切の容赦のない眼差しだった。

「……なぜ、こんなことをなさったのですか？」

怖いな、と思いつつも、ずっと疑問に思っていたことを聞いた。

「ヴァイオレットさまのお母さまは妹で、殿下は甥なのでしょう？　どうして家族なのに、こんなことを」

「血縁だからこそ、憎しみが強くなることもあるだろう？」

大公が初めて表情から笑みを消した。

「しかし王族の血縁が王族を害する場合、殆どの場合理由は一つではないだろうか」

「……王位の、簒奪」

「そうだ。まあ元々、王位は長子である私のものだったはずだが」

そう言った大公が自嘲気味に笑って、淡々と語り始めた。

「――先代の国王、私の父は魔力持ちを蔑んでいた。悪魔憑きだとね。それは実子である私も例外ではなかった。どれほど頑張っても認めてもらうことはおろか、父は私の顔を見ることさえ厭うたよ。――まあ、それは『家族』の中でのみ。外に一歩出れば、魔力があっても大切な息子だと吹聴していたが」

「……」

「私が立太子する直前、隣国と戦争が起きた。父に前線へ向かうように命じられた私は、認められるチャンスだと無血で勝利を収めた。そうして帰国した私を、父は『化け物』だとより蔑んだ。『お前は幾万もの命を守ったと思っているかもしれないが、その力は更にその倍の命を奪いかねない化け物の力だ、穢らわしい悪魔め――』と」

冷え冷えとした平坦な声でそう言いながら、大公が微笑んだ。

「父の望むままに王位継承権を辞退し、大公の地位と草木ひとつ生えない不毛な領地を授かった」

思わずなぜ、という疑問が湧いた。王位を辞退せずに、その場で行動を起こせば今こんな面倒なことにはならなかったはずなのに。

私の疑問を察したのか、大公が「当時の私は愚かだった」と、憎しみに目をぎらつかせた。

「目を覚ました私は、復讐しようと決意した。――ただ殺すなどとは生温い。脆弱な身の程知らずの虫けらどもが、愚かにも自身の未来を安泰だと信じたそのとき、大切なものごと踏み潰してやろうとね。オリヴィア――ヴァイオレットの母を殺したのは、プラウニが効くかどうかの実験でもある。そして予想通り、誰も他者によるものだと気づかなかった。……一人を除いて」

それが、ヴァイオレットさま。

大公の告白を聞きながら、私は何とも言えない悲しい気持ちになっていた。

感受性が人より少しだけ鈍い薬馬鹿の私でも、家族から一人だけ冷遇されたことは、やっぱりずっと悲しかった。

だから大公が抱える悲しみは、少しだけわかる。もちろん彼は愛されることを早々に諦めた私と違って頑張って、命懸けで戦って否定されたのだ。その悔しさは、きっと私には想像もできない。

だけど……だけど。越えてはならない一線はある。

何よりも罪があると言うのなら、先代の国王ただ一人なのに。

胸のあたりが重苦しくなる嫌な気持ちに苛まれて唇を噛んだ時、そこに聞き覚えのある声が聞こえた。

「大公。お呼びだと聞き、参りましたが」

やってきたのは、塔の中でお世話になった神父さまだ。塔の中にいた時と違って理知的な目をした彼は、私の姿を見つけて怪訝そうに眉を寄せた。

「客人だ。丁重にもてなすように。――そう長い期間にはならないはずだ」

「……かしこまりました」

神父さまが深々と礼をし、大公が「では、私は失礼する」と言った。

「――ここは私が作った転移陣でしか訪れることができない、特別な場所だ。迎えがくることはない。期待せず、大人しくしていてくれ」

「あっ」

そう言って大公が指を振ると、私がずっと隠し持っていた瓶が、ふわふわと宙に浮く。

「念のためにこれは預かる。全ての片がついたら返そう――まあもっとも、その頃には使う対象などいないだろうがね」

宙に浮く瓶を掴んで、大公は姿を消した。

何といえば良いかしら

「……この部屋をお使いください。中庭に面しており、日当たりもよく広い部屋かと」

冷ややかな美貌を全く崩さず、神父さまが淡々とそう説明をしてくれた。

「中庭の植物も含め、使いたいものは自由に使っても良いと大公は仰せです。何か必要なものがあればお申し付けください。……と言っても私も日中は勤めておりますので、戻るのは夜になります。その間は侍女をつけましょう」

「あ、あの。神父さまは、普段王都の大聖堂にお勤めされていると聞いていましたが……」

塔にいた時とは全く違う様子に、もしかして双子だったりするのかしら……と不安になりながら尋ねると、神父さまは表情を動かさず「ええ」と言った。

「それゆえ多忙なのです。大公の命ですので、あなたのもてなしは精一杯させていただきますが……」

「あの、それならば、ヴァイオレットさまのご様子を教えてもらえたりなどはしますか⁉」

でも彼は大公の味方のようだから、難しいだろうか。でも、監視もちゃんとできていないと言っていたし……。

そう思いながら尋ねると、神父さまが一瞬くわっと目を見開いた。ヒエっと思わずあとずさると、「失礼」と神父さまの表情が、能面に戻る。

「突然思いもよらないお名前を聞いてしまい、動揺致しました。ヴァイオレット様と仰いましたが……それはあの、エルフォード公爵令嬢でいらっしゃいますでしょうか」

「は、はい！　ヴァイオレット・エルフォード様です」

私がそう言うと、神父さまは青い瞳に警戒心を浮かべ、私を見た。

「……失礼ですが、あの方とどのようなご関係が？　それから、あなたのお名前は？」

大公は、私のことを神父さまに話していないのだろうか。

少し意外に思ったけれど、同時に私は神父さまの質問にも口ごもる。

――ええと。何と言えば、良いかしら。

関係性がわからないのはもちろんだけれど、神父さまの反応も怖い。下手なことを言ったら八つ裂きにされそうだ。

「あの、私はソフィア・オルコットと申します。ええと……ヴァイオレットさまには以前、大変お世話になりまして……？」

「…………オルコット？」

「は、はい！　オルコットです」

「……オルコット。オルコット……」

神父さまが私の姓を復唱し、頭のてっぺんから爪先までをじろじろと眺める。ライバル心が漂う眼差しを向けられているけれど、一体どんな心理なのだろうか。

「……私は大公に、しばらくヴァイオレット様に会うことを止められております。命令に背くことはできません」

「あ……そうですか……困らせてしまいすみません……」

「ですが……まあ、あなたを丁重にもてなせとも命じられております。会うことはしないまでも、そっと遠くから見守ることは許されるでしょう。――ええ！　これならばあなたの願いを叶えられ、大公の命にも背かず、ヴァイオレット様を見守ることができますね。全く問題がない……！」

そう自分に言い聞かせているような神父さまが大きく頷く。

そして「お元気そうかお元気そうじゃないかだけは、あなたにお伝えさせていただきますね」と、じとりとした視線を私に向けた。


そう言ってすぐに出かけてしまった神父さまを見送ったあと、私は一か八かで逃げ道がないかあちこちを探してみた。

驚くことに、私に用意された部屋と中庭以外、私はどこにも行けなかった。

鍵がかかっているわけでもなさそうなのに、扉が全く開かない。全くびくりともしないその扉は、おそらく私がどこにも行かないように魔術がかけられているのだろう。

……魔力無効のお薬を作って扉に塗ったら効果があるかなあ……と思ったけれど、あれは飲み薬だ。それに何より、この部屋には火器がなかった。あれは火が欠かせないので、どちらにせよ作れない。

こうして待っているだけなんて申し訳ないけれど……あとは信じて待つしかない。

そう思いながら私は中庭で、採ったばかりの薬草をすり鉢でゴリゴリと削っていた。

火もお鍋もないのは残念だけれど、ここにはどんな種類の薬草も揃っている。プラウニやレプランをはじめとする幻の薬草はきちんと味見して、全て味も匂いも記憶済みだ。

端の方に実っていた、あの苦すぎるビタビタの実も懐かしさに思わず摘んでしまったけれど、口に入れずに懐にしまいこんだ。これでも私は、意外と学習するタイプの人間なのだ。

——クロードさまと食べたチョコレート、美味しかったな。

同じような自由度で幽閉されているのに、クロードさまがいないと少し心細い。

もちろん人を殺めた大公の匙加減《さじ》で、私の命は簡単に吹き飛んでしまう、ということもあるのだけれど。

そんなことを考えているうちに、いつの間にか手が止まっていた。

いけない、集中しなくては、と慌てて動かそうとしたとき。誰かがこの中庭に入ってくる音がした。

咄嗟に身を隠す。その誰かは私には気づいていないようだ。何か壁に物を投げつけるかのような音がして、身をすくめる私の耳に、女の人の嗚咽のような声が響いた。

——誰か、泣いてる……？

そろそろと、隠れながら様子を窺う。思いもよらない人物に、思わず息を呑んだ。

「リ、リリーさま……？」

「っ……ソフィア・オルコット……！」

涙にまつげを濡らすリリーさまの名前を思わず呼ぶと。

リリーさまは驚愕に顔を染め、「どうしてあなたがここにいるの」と強い視線を私に向けた。

誰よりも輝いていらっしゃる

モーリス・グラハム・ホルトは、魔力持ちだ。

と言っても魔術師として生きていけるほどの魔力はない。当時天まで届くほど高かった誇り高さも災いして、普通の人間にも魔術師の仲間にも、親にさえも馴染めず、幼い頃に捨てられた。

――幼い頃に自分を拾ってくれた大公には、心から感謝し忠誠を誓っている。

魔力持ちも随分生きやすい世の中にはなったが、神殿のような伝統を重んじる由緒正しい場所では敬遠される。本来ならば憧れていた神父にはなれなかっただろうモーリスだが、大公が渡してくれる薬のおかげで魔力を隠すことができ、普通の人間に擬態することができていた。

だからモーリスは多少の罪悪感を抱えつつも、ヴァイオレットがいるらしい王城へとやってきた。

これは、大公の命によりもてなさねばならない小娘の我儘で仕方なくやるのであって、大公を裏切っているわけではないと言い訳をしながら。

――それにしても、あの娘……。

オルコットと名乗るその娘を思い出し、モーリスはギリギリと歯噛みする。

――気高きヴァイオレット様に気遣いを受け、あまつさえそれを自慢げに言い放つとは腹立たしい。しかしあの小娘のおかげでヴァイオレット様のお顔を拝見できる口実ができたことは、事実……。

モーリスにとってヴァイオレットは、光であり女王であり、世界の全てだ。

万人がひれ伏すべき我が女王、と思うと同時に、彼女の本当の素晴らしさは自分だけが知ってい
れば良いとも思う。東の果ての国では同担拒否という言葉があるらしいが、これ以上に完全同意な
概念を、モーリスは他に知らない。

――いいえ、私のような卑小な人間が、女神と同じ時を生きる許しを得ただけでも僥倖です。女
神の気高さ尊さを独り占めするなど、許されません……。

それでもソフィア・オルコットに敵愾心を燃やしつつ、モーリスはヴァイオレットがいそうな場
所を中心に、王城の中を進む。

こういう時、大聖堂の神父という肩書きは非常に便利だ。神父になって本当によかったと思って
いると、見間違えるはずがない淡く美しい金髪が、彼の目に入った。

――ああ、やはり塔の外にいるヴァイオレット様は誰よりも輝いていらっしゃる……！

目障り極まりない世界で一番嫌いな男が横にいるが、そんなことも気にならないほど、今日のヴ
ァイオレットはいつにもまして輝いていた。

思わず感極まりそうになった時、彼女の声が耳に届いた。

「――……の薬のおかげで助かったけど……あの娘はどこに……モーリスなら伯父様の隠れ家を知

っていそうだけれど、大聖堂は面会を拒否している」

「ヴァ、ヴァイオレット様⁉⁉」

自身の名を呼ばれた衝撃に、隠れる事も忘れて思わず出てしまった。ヴァイオレットとクロードが驚きに目を丸くしたところで、しまった、と我に返る。接触は禁じられていたのに。

「……モーリス・グラハム・ホルト。良いところにきたわね。今、この私がお前に会いに行こうと思っていたのよ」

女神のように光り輝く、悪魔よりも美しいその人が微笑んだ。

「ソフィア・オルコットの居場所。——伯父さまの子飼いのお前なら、知っているのではなくて？」

その言葉に、大公が自身とヴァイオレットを会わせないようにしたのはこの状況を避けるためだと察した。

「案内なさい、モーリス。今すぐに」

モーリスは歓喜に震えながらも、恩人と女王、自分はどちらの言葉を優先すべきなのだろうかと悩み——背筋に冷たい汗が、一筋流れた。


結論としてモーリスは、一度は抵抗をした。

幼い自分を救い、かつて一生を捧げると誓った恩人を裏切るわけにはいかない。

それに何より、大公の目的は、おそらくモーリスの悲願と一緒なのだ。いくら女王の命令と言っても、ここだけは譲れない。

「……そう。普段から私の言うことなら何でも聞くと豪語していたお前は、見る目がないだけではなく私の言葉が聞けないと言うのね」

ヴァイオレットが目を細めながら言った言葉に慈悲を乞おうとした時、ヴァイオレットが続けて告げた真実に、モーリスは驚愕に打ち震えた。

「なっ――……塔の中のヴァイオレット様は、ヴァイオレット様ではなかった……!?」

「そうよ。お前が三か月間私だと信じていた人物は、私の姿をしたソフィア・オルコット」

「ど、道理で気高さの欠片もないと……！」

自身の盲目さに愕然とした。見る目のないこの目を、抉り取ってしまいたかった。横の男が「その分素直で愛らしかっただろう」と眉を寄せているが、心底どうでも良い言葉だった。

「今更そんなことを言っても、お前が私と入れ替わった別人を見抜けなかったことは事実よね？」

「ヴァ、ヴァイオレット様……私は……」

「小娘と私の放つ風格の違いがわからないなど、お前がいつも言っていた『ヴァイオレット様が私の全て』という言葉の薄さが知れてよ。――そんなお前に、この私が最後の慈悲を与えてやってもよいと思ったのに」

本当にこれが我が女王なのか、と疑ったことはあった。しかし僅かながらに魔力を持ち、多少は魔術について知っている彼としては、入れ替わりなど決してあり得ないものだと思い、不敬な自分を責めていたのだ。

「この私の命《めい》ならば、空を飛ぶカラスさえも白くなり雲さえも黒くなるべきだと、そう常々言っていたお前自身が私の言葉に逆らうなど笑わせてくれるわ。――……二枚舌が私の視界に入るなど、許されることではないわね。不愉快極まりないわ」

「！　ヴァイオレット様……！」

「もう、お前にこの私の名を呼ぶ資格などなくてよ」

冷たく言い放たれた言葉に、モーリスは愕然とした。そんなモーリスに、ヴァイオレットは「最後に、もう一度だけ聞いてあげるわ」と優しく、だからこそ最終宣告だとわかる声を出した。

「モーリス・グラハム・ホルト。伯父様の隠しているソフィア・オルコットは、どこにいるの？」

獲物をいたぶる美しい猫のような眼差しに、モーリスは項垂れた。

助けたいと思う気持ち

風が吹くたびに花びらが舞う空間で、リリーさまが私に強い眼差しを送った。

「どうして、あなたがここにいるの」

「あの、ええと……大公に連行されて……？」

「…………今のあなたは、ソフィア・オルコットのようね」

リリーさまがほんの微かに、警戒を緩めたようだった。

やっぱり、昨日のヴァイオレットさまとリリーさまとの会話で入れ替わりに気づいたのだろう。

「リリーさまは、どうしてこちらに……？」

「……あなたには関係がないでしょう」

ふい、と顔を背けるリリーさまの表情は硬い。ひどく疲れているようだ。

昨日はさほどでもなかったのに、目の下にはお化粧では隠しきれない隈があり、顔色も悪い。嗅ぎ覚えのある百合の香りが強く香って、私は思わず口を開いた。

「リリーさまは……どうして、大公のお手伝いをなさっているのですか？」

私の質問に、リリーさまが鬱陶しそうな顔をする。

「……私がそれに答えると、本当に思っているの？」

「答えていただけたら嬉しいなあ、とは思っておりますが……」

さすがの私でも、無理だろうなと思っている。けれど、反応は見ることができる。

「あの、レッドグライブ伯爵家の領地は王都から遠い地にあるのですよね。……ドノヴァンという地の、更に奥にあるザンバスという地。数年前に大きな水害が起きて、作物のほとんど……そして畑も、壊滅的な被害を受けたと」

世間話の一環として、ニールさまから聞いたことを思い出す。

リリーさまの領地は元々作物が実りにくい地だったそうだ。その上で起きた水害によって、領民は飢餓に苦しんだのだと。

本来であれば、他の領地や国から食料が支給される。けれど水害のあったその時期はひどい天候不順で、どこの地も作物の生育が悪く、食料不足に陥っていた。

国庫に保管していた食物を開放したそうだけれど、遠い果ての地までには、充分な支援は行き渡らなかったそうだ。

けれどザンバスの地では農民の懸命な努力が実ったのか、ある日を境に作物が実るようになった。

食料問題が落ち着いたタイミングでリリーさまは王都の社交界に顔を出し始め、殿下の目に留まり、それ以降二人は仲睦まじい姿を見せるようになったらしい。

「……飢える領民を見たリリーさまは、大公がどんな地でも植物を実らせることを知り、助けを求めたのですか？」

私の言葉にリリーさまは答えなかった。

きっとそれが答えなのだろうと、私はリリーさまの顔を見た。

「私のこの予測が当たっているのならリリーさまは……苦渋の決断をなさったのだとお察しします。けれどどんな事情があっても、殿下のことは許されることじゃありません。あの、」

「素敵な綺麗事ね」

私の言葉を遮って、リリーさまが吐き捨てるように言った。

「そうね。人を殺めるのは良くない事だと、私も思うわ。あなたのように恵まれた側の人間だったら、私も非難したでしょう。貧しい平民を救うために王太子の命を狙うなんて、正気の沙汰ではないわよね」

「リリーさま、私は……」

「だけど私は、何もしてくれなかった王侯貴族全ての命より、幼い頃から一緒に生きてきた領民の方がよっぽど大切なのよ！」

激昂したリリーさまの悲痛な声が響いた。

いつもよりも感情が昂っているのは、私の言葉に思いやりがなかったのか、大公の魔術によるものなのか、我慢してきたものが噴き出したのか、そのどれもなのか。

「もしも過去に戻れたとしても、私は同じ選択をするわ。今度はもっと上手くやるでしょう。それを非難されたって、私は何とも思わない。だって殿下の命よりも、私は自分の身内の方が大事だもの！」

そう言いながら唇を噛んだリリーさまは、まるで自分に言い聞かせるように「どんな綺麗事を言われたって変わらないわ、絶対に——変えたりしない」と言った。

「そうですよね……」

リリーさまの言葉に、私はぽつりと呟いた。

「確かに、確かに私も殿下の命より、大切な人の命の方が大切だと思います……」

「…………えっ……？」

私の言葉に、リリーさまがぎょっとする。

「例えば今私の目の前に殿下と、いつも美味しい食事を作ってくださる料理長が川に溺れていたとして。どちらか一人しか助けられないとなったら、私はおそらく料理長を助けてしまうでしょう」

リリーさまをまっすぐに見ると、彼女は愕然とした顔でこちらを見ていた。

「あなた……何を言っているのか理解しているの？」

「もちろんです。リリーさまには、何に代えても守りたい方がいるんですよね。誰だって自分の大切な人の命は守りたいものだと、私にもよく理解できます」

そう言って、ふんわりと頭に浮かんだのはクロードさまやヴァイオレットさまの姿だ。お二人とも、殿下を守るために、そして私を守るために。身を挺して助けてくれようとしていた。

私にも、かつて助けたい人がいた。

誰かを助けたいと願う気持ち自体は、とても優しいものだと思う。

「ただ……殿下のことを、守りたいと強く願っている人もいます」

「……っ、」

リリーさまの表情が歪む。私は「まだ間に合います！」と言った。

「こう見えても私、最近食料問題解決にむけて研究をしていたんです！　食料問題さえ解決したら、こんなことはなさらなくて大丈夫でしょう？　今日のリリーさまは、大公の魔術に苦しんでいるように見受けられます。大公に頼らなくても解決できる方法を、一緒に……」

「……もう、もう無理よ」

そう言ってリリーさまは、はらはらと涙をこぼした。

「大公はもう止められない。私が手助けしなくても、何が起きても、大公は殿下を殺して目的を遂げるわ」

君は得体が知れないな

「私が命じられたのは、殿下に魔術隠しの薬が入ったお菓子を食べさせて、ヴァイオレット様を挑発すること。だけどそれを、悟られないこと。そして殿下が亡くなったあと……ヴァイオレット様に捕らえられた私が、自供をすること。大公に脅され、仕方なしに殿下に毒を盛ったのだと」

「……!?」

「──私も、大公が何を考えているのかわからないの。ただ復讐と、それから……」

目を見開いて困惑する私に、リリーさまは涙に濡れた瞳を向けた。

「ヴァイオレット様を次期女王にするためだと。そう言っていたわ」

「──……!」

リリーさまのその発言に、今までの違和感が音を立てて消えていった。

塔で渡された、『王者』を意味するピオニーの花。それからヴァイオレットさまのお母さまを連想させるすみれの花と、『触れるな』という意味合いのアザミの花。

神父さまが『大公も私も、ヴァイオレットさまこそ次期女王に相応しいと思っている』と言っていたこと。それから優れた魔術の使い手であり、一番厄介なヴァイオレットさまを殿下よりも先に殺さなかった理由が、これでわかった気がした。

わからないのは、その動機だ。

「これでわかったでしょう？　大公は、ご自身の保身を考えていない。それに復讐を止める気は無いのだと、さっきも……っ、――っ……！」

「リ、リリーさま⁉　どこか苦しいのですか⁉」

急に胸を押さえてうずくまるリリーさまに駆け寄った。肩で息をする彼女は、とても苦しそうだ。

まずは状態を診察しようとした時、後ろから低い、平坦な声が響いた。

「……レッドグライブ伯爵令嬢。君がそんなにお喋りだとは、知らなかったな」

振り向くと、そこにはいつの間にか大公がいて、冷たい微笑を浮かべていた。

「先ほど君は、揺らいだ決意も新たに最後まで私を手伝うと明言したじゃないか」

リリーさまが青ざめて震える。私が思わず彼女の前に出ると大公は私に視線を向けて、目を細めた。

「……君がヴァイオレットと入れ替わらなければ、今頃全てが終わっていただろう。私はヴァイオレットが投獄されている間にヨハネスを殺しているはずだった。そしてリリーが渡した花束を見て、私が犯人だと気づいただろうヴァイオレットが出獄と同時に私の元へきて、私はありもしない毒草の話をする予定だったんだ。古文書にさえ残っていない、古の毒草。もう魔術でも蘇らない毒草で、人を使いヨハネスとオリヴィアを殺したと」

プラウニやレプランがなくなったら困る人間もいるからね、と大公が微笑んだ。

「どうして、そんなことを……」

「言っただろう？　復讐だよ。私から大切なものを奪った王家の、大切なものを奪いたかった。

——私の恨みは深いのだと、奪われたものは戻らないのだと、そう伝えたかったのだよ」

そう言う大公が、私に困ったような目を向けた。

「さて。ソフィア・オルコット。改めて思うと……どうも君は得体がしれないな。君を生かしておくべきかどうか、この私がまだ判断をつけられないでいる」

そう言いながら大公は、残念そうな目を私に向けた。

「……アーバスノットの最後の血、その希少な才。殺したくはないが……仕方がないな。君は、危うい」

そう言って、大公が私に手をかざす。その大きな手のひらに淡い光がぽうっと輝き始める。リリーさまの悲鳴を聞いた瞬間、私は咄嗟に目をつぶった。

その時、聞き覚えのある綺麗な声が耳に響いた。

——パリィィン！

激しい破裂音のようなものが聞こえて、強風が吹く。だけど、私の体は何の痛みも衝撃も感じなかった。

目を開けると、腹立たしそうに眉根を寄せ、私の後ろに目を向ける大公の姿があった。

思わず振り向くと、そこにいたのは淡い金髪を風になびかせているヴァイオレットさまと、剣を携えるクロードさま。

それから神父さまと、他にも——殿下と、国王陛下の姿もある。

「――ソフィア！」

「クロードさま！　ヴァイオレットさま！」

クロードさまに名前を呼ばれて、駆け出そうとする。

だけどその瞬間、右手を取られて、首筋にひやりとした鋭いものが当てられる感触がした。

「今のは良い攻撃だった、ヴァイオレット。――私の術を破ったことも、素晴らしい」

私の背後に立つ大公が、そう微笑んだ気配がした。

「さすが王に相応しい。どこかの卑劣な者よりね。そう思わないか、ラッセル」

「兄上……まさか、本当に……」

陛下の名前を呼ぶ大公に、陛下がうめく。横にいる殿下も青い顔をして、私や大公や――そしてリリーさまを、見つめていた。

「しかしヴァイオレット。ただ一度攻撃を防いだだけでは不充分だ。――こういう場合、不意打ちを加えたらすぐに無力化させなくてはならない。たとえ、身内であっても。甘さはこうした逆転を呼ぶ」

そう淡々と言う大公が周りを見渡す気配がする。目があったらしい神父さまが青ざめておろおろとし、その姿を見た大公が「――ソフィア・オルコットの差金か」と嘆息した。心臓が飛び跳ねた。

「……薬師と国王、王太子。それから騎士と神父。……そうだな。国王陛下と神父には、証人として生き残っていただこう。英雄である大公閣下は王家から不当に虐げられ、大切なものを奪われ続けた。……よって、復讐を遂げたと」

大公の言葉に、場に緊張が走る。

——一瞬。一瞬だけ怯ませれば、きっとヴァイオレットさまやクロードさまが何とかしてくれるはず……。

チャンスは一度だ。問題は、ちゃんと入ってくれるかどうか。

そう思いながら懐に忍ばせた左手をぎゅっと握った時「申し訳なかった」と国王陛下が、うめくように言った。

あなたの負けよ

クロムウェル・グロースヒンメルは、失意と絶望のうちに王位継承権を辞退し、この不毛の北の地へと引きこもった。

ただ、その時の彼にはただ一つ救いがあった。

愛する女性との結婚を許されたことだった。

花が好きな人だった。北の地に追われた彼に「あなたがいればいいのよ」と笑い、宝石やお金よりも魔術で咲かせる珍しい植物を喜ぶ人だった。

誰よりも愛しい女性が、新しい命を授かったとき。

王太子となった弟と妹のオリヴィアが、たくさんの祝いの品を持ってやってきた。

◇

「義姉上のことは、本当に……申し訳なかった。まさかあのようなことになるとは思わなかったんだ」

絞り出すような声で陛下が言った。

「北の地にいる義姉上が懐妊したのなら、体を温めねばならぬだろうと。そう言って父上は特別な茶葉を用意した。父からだと知ったら、きっと兄上は受け取らない。私たちはそう思って義姉上にだけ『父からだ』と言って渡してしまった」

目を真っ赤にした陛下が「……まさかあれが、子が流れる毒だとは思わなかったんだ」と言った。

申し訳なかった、と繰り返す陛下に、大公が激しい剣幕で口を開いた。

「私を嫌い抜いた父上が、私の子の誕生を喜ぶと思うほど、お前は愚かだったのか？　——そんなわけがないだろう！　あの時お前の妻にも懐妊の兆しが見えていた。本来であれば国王になるはずだった私の子が生まれたら、王位継承権に影響する。お前は、そう思ったんだろう！　王位につかなければ、こうして何もかも奪われ、踏み躙られてしまうからな！」

「違う！　私とオリヴィアにとっての父上は……悪魔のような人ではなかったんだ……」

涙声の陛下に、大公が「そうか」と冷たい声音で言い放った。

「——子を亡くし心を病んだ妻は、それでも亡くなる最期の時までお前たちのことは言わなかった。

間抜けにも私がそれを知ったのは、父王の葬儀の時。……あの男に苦しみを味わわせられなかったのが、今でも心残りだが」

きっと、あの老いぼれは今頃地獄の底で悔しがっていることだろう、と大公は笑った。

「――次代の王は、ヴァイオレットだ。あの老いぼれが忌み嫌った魔力持ちが即位する。そのために、お前が可愛がっていた妹や息子が殺される気分はどうだ？」

「兄上……」

うなだれた国王陛下が、必死で大公に「お願いだ」と懇願する。

「どうか、お願いだ。ヨハネスや他の者には手を出さないでくれ。……私が悪かった」

「――私は、その顔が見たかった。後悔に苦しむ顔が」

国王の言葉にそう静かに呟くと、大公が私の首元に当てている手とは反対の手を、殿下にかざした。

「だが、本当に悪いと思っているのなら、お前も子を亡くさなければならない」

「――お願いだ、やめてくれ！」

「王位につかないものは踏み躙られても仕方がないのだと、教えてくれたのはお前の父だ」

そう言って大公が、何か呪文を唱え始める。

あまりに残酷な話に絶句していた私は、その声にハッとして、もう一度震える左手を握った。

――それでもやっぱり、いや、だからこそ殿下を亡くすわけにはいかない！

大公に応戦するように呪文を唱え始めたヴァイオレットさまや、殿下を守るように立つクロードさまに意識を向けたところで――私はビタビタの実をいっぱいに握りしめた左手を、大公の口めがけて押し付けた。

「――っ！　ガ、ハッ……！」

小さな実の一欠片でも、痛いほどに苦いビタビタの実だ。

さすがの大公も悶絶して激しくむせる。私はその隙をついて大公から離れ、無我夢中でクロードさまやヴァイオレットさまの近くに駆け寄った。

すかさずヴァイオレットさまが大公に向かって呪文を唱えると、美しい魔法陣が浮かび上がる。そこから大公の元へと、稲妻が迸った。

しかし顔を歪めている大公が手を払う。その稲妻が小さな粒となり、ばちばちと容赦なくあたり一帯に降り注ぐ。当たったら感電するのだろうか。怖すぎて、頭を抱える。

周りに当たることを避けたのだろう、ヴァイオレットさまが舌打ちをしてその魔法陣を消した。新たな呪文を唱えようとした時――私の足元が、凄まじい速さで氷漬けになっていく。

「――ソフィア！」

「うわ、冷たっ……え、あ、熱っ！　熱いです！」

ヴァイオレットさまが舌打ちをして、私の足に燃え盛る炎をぶつける。それでもなかなか溶けない氷に、服が焦げる臭いを嗅ぎながら私は半泣きになっていた。

そんな私に気を取られたヴァイオレットさまの右半身も、凍っていく。

「隙が出ている、ヴァイオレット」

まだ顔を顰めたままの大公が、殿下に指先を向けた。金色の閃光が殿下に向かって迸り、それをクロードさまが剣で弾き返したけれど、大公は「二度防いだら、その剣も持つまい」と言い、また閃光が放たれた。

クロードさまが弾き返したけれど——やはり剣は、音を立てて壊れてしまった。そんなクロードさまに微笑を向けながら、また指先を向ける。

「——もうやめて、やめてください！」

その時、先ほどまで座り込んで震えていたリリーさまが、大公の腕にしがみつく。放たれた閃光は斜め上に飛び、大公は腹立たしげに腕を振り払い、リリーさまを突き飛ばした。

「っ、離せ！」

大公がリリーさまを突き飛ばす。その瞬間、彼の体に巨大な鎖が何十にも絡みついて——重さに耐えきれないとでも言うように、彼の体が崩れ落ち、地面に膝をついた。

「——あなたの負けよ。クロムウェル・グロースヒンメル」

淡い金髪を風に靡かせ、ヴァイオレット様がそう言った。

「よくもまあ、ここまでこけにしてくれたものだわ」

ギロリと大公を睨みつけるヴァイオレットさまは、冷ややかな怒りに燃えていた。

英雄の復讐譚

「……ああ、認めよう。私の負けだ」

地に膝をついたまま、大公が静かに言った。

「重罪であることは間違いない。火刑にでもするがよかろう」

「……罪人が己の罰を決めるものではなくてよ」

ヴァイオレットさまが淡々と「もうあなたの思い通りになることなど、何一つないわ」と言った。

「あなたが自身ではなく私を王位につけると言ったのは、事が終わったあとに王太子を殺害したと、そう自首するためでしょう。そしてそれは、民や貴族の、王家への求心力を失わせるためでもあった」

「……さすがだな、ヴァイオレット」

ヴァイオレットさまの言葉に、大公は自嘲気味に笑った。

「大罪である王族殺しは、国中の貴族が集まる裁判の下で、その動機を含めた詳細を明らかにしなければならない。かつて国を救った英雄クロムウェル・グロースヒンメルは、国を救ったが故に王位継承権を剥奪され、妻子まで害された。……復讐もやむなしと、判断する者は多いでしょうね。あなたはこの国で誰よりも尊敬され、愛される英雄なのだから」

そこまで言って、ヴァイオレットさまは言葉を切った。一瞬だけ何かを堪えるように唇を噛み、また口を開く。

「そんなあなたを斬首や火刑に処したらどうなるか、無能でもわかるわ。先代の国王や、陛下の評判がどうなろうと知ったことではないけれど、ヨハネスの治世で暴動を起こされたら困るのよ。この節穴ぼんやり痴れ者王子がうまく治められるかは甚だ疑問だし、この私に面倒が降りかかるのもごめんだわ」

だから、とヴァイオレットさまが、真っ直ぐに大公を見つめる。

「――死んで楽になるなどとは、思わないことね」


強力な魔術封じの枷をかけられた大公が、クロードさまと号泣している神父さまと陛下と共に、転移陣にて王城へと向かう。

後に残されたのは、私とヴァイオレットさま。それからリリーさまと、殿下だ。

大公が地に膝をついたと同時にリリーさまの元へ駆け寄っていた殿下は、大公と陛下の告白に大きなショックを受けているのだろう。顔色がとても悪かった。

それに、多分……。愛する婚約者が、自分を殺そうとしていたことも聞いていたはずだ。

どこか悲しそうな、困ったような顔をした殿下が、それでもリリーさまに少し強張った笑みを浮かべた。

「……大丈夫か？　怪我はないか？」

「でん、か……」

「怖かったろう。……助けてくれて、ありがとう」

ぼろぼろと泣くリリーさまに殿下は慌て、「魔術をかけられたのか？　魔力無効化の薬はヴァイオレットが飲んでしまってもう無いんだが……これを噛むと些かマシになる」と懐からホワイトセージの葉を取り出し、リリーさまに渡した。

あれ、王城に入る前に念のためヴァイオレットさまに渡していた薬は、二人分はあったはずだ。

しかし口ぶりから察するに、殿下はホワイトセージで凌いでいるようだ。確かに毎晩のミルクで、命に別状はないくらいの症状を食い止められてはいたけれど……。

横のヴァイオレットさまを見ると、彼女はこの世で一番救いようのない愚か者を見るような眼差しを殿下に注いでいる。見なかったことにして、私は殿下とリリーさまに目を向けた。

「殿下、私は……私は、あなたに優しくしていただく資格はないのです。罪人です。私は……」

「……ヴァイオレットから、色々と聞いた。君の動機はわからないが、私の推測が当たっているなら……領地をそこまで思う君を追い詰めたのも、君を利用しようとしたのも、全て王家に咎がある」

「違います、殿下、私は……」

泣きじゃくるリリーさまの頬の涙を拭おうとしたのか、手を伸ばした殿下が触れる前に指を止める。

ほんの一瞬、どこか痛そうに眉根を寄せ――、目を伏せた。

「……すまなかった。リリー・レッドグライブ伯爵令嬢」

その言葉は、多分大好きな人へのさよならの言葉だったのだろう。

それだけを言うと、殿下は私とヴァイオレットさまに向き直り深く頭を下げた。

「――君たちにも、心から謝罪をする。そして……ありがとう」

ありがとう

あの事件から、二か月が経った。

王城の回廊を優雅に歩きながら、ヴァイオレットはこの二か月のことを思い出す。

妹である公爵夫人の殺害と、甥である王太子の殺害未遂が起こったこと。それも犯人が、英雄と呼ばれ高い国民人気を誇る大公だったことに、この国に住むすべての者が衝撃を受けた。

そしてその動機を聞いた者は、皆言葉を失った。

大半の者が大公に同情的だった。被害者の一人である王太子ヨハネスが、『大公の罪は王家が生み出したもの』と宣言し、先代の国王を痛烈に批判したことも大きい。

かつて国を救った功績も考慮され、処刑ではなく幽閉されることになった。ヴァイオレットが改めて魔術封じの術をかけた塔の中で、これからの人生を過ごすことになる。

月に一度は神父であるモーリスが、彼の元を訪れるようだ。

周りからは破格の温情措置だと思われているが、しかし彼にとって温情になるはずがない。

彼は死刑を望んでいたはずだ。けれどそんなこと、易々と許したくはなかった。

（……お母さまを殺した上に、ずっとこの私を騙していた）

そう思うと同時に、自分の頭を撫でてくれた大きな手を思い出す。

ヴァイオレットは絶対に、伯父を死刑にはしたくなかった。


そしてヨハネスに毒を盛った実行犯であるリリーは、ヨハネスとの婚約は破棄され、領地にて三年の謹慎の措置となった。

本来であれば極刑に処される重罪だが、自身の領民を守るために助けを求めた先で大公に脅され、自身も毒物を飲まされていたこと。それから最後に危険を顧みず王太子を守ったことも考慮され、罪は異例なほどに減刑された。

——彼女の領地の民は皆、リリーを支持しているらしい。

おそらく彼女にとっては一番良い道だったのではないだろうか。

そんなことを思いながら、ヴァイオレットはしばらく訪れていなかったヨハネスの部屋の扉をノックし、開ける。

誰もいなかった。しかし風に吹かれたカーテンが、大きく揺れている。

近寄ると、テラスに立ったヨハネスが外を眺めていた。

視線の先を見ると、予想通り今日領地へと護送されるリリーがそこにいた。

数人の騎士に連れられ馬車に乗り込もうとしている彼女は、動きを止め、王城を振り返る。

長い長い間を置いて、深く一礼をした彼女は、今度こそ馬車に乗り去っていった。

遠目なので表情は見えなかったが、その視線はこちらの方を向いていただろうと、ヴァイオレットは思う。

彼女が去ったあと、大きく肩を落としたヨハネスが、部屋に戻ろうと振り返って驚いた顔をした。

「……ヴァイオレットか」

「自分の命を狙った女を見て感傷に耽《ふけ》るなんて、お前の頭って本当にご機嫌なのね」

「お前はどうしてそう人の心を抉るようなことばかり言うんだ」

盛大に顔を顰《しか》めつつも、ヨハネスは侍女を呼び、ヴァイオレットに茶を用意するように伝えた。

出された茶を飲みながら、ヴァイオレットは少し痩せたヨハネスの顔をちらりと見た。

もう人生に楽しみなどないとでも言うような、随分と陰気な顔をしている。近寄るだけで不幸がうつりそうだ。

「……そんな顔をするくらいならば、あの娘との婚約を破棄しなければよかったでしょう？」

「脅されていたとはいえ、罪を犯した女性が国母になることは許されない。……私自身が彼女の行動を罪と思うかは、別として」

紅茶に目線を落としたまま、ヨハネスが言った。

「……それに父上に恩恵を受けていた貴族が、レッドグライブ伯爵令嬢を逆恨みしないとも限らない。実際に、大貴族が優先されて何が悪いと思う貴族は多いようだ」

この事件を受けて、現国王は王位を退くことになった。

英雄をあそこまで追い詰めた王家に対する不信や、知らなかったこととは言え、彼の妻子を死に追いやる手伝いをしてしまったこと――本当に知らなかったのか、と貴族の間でも疑問の声が多くあがった――ことは、勿論影響として大きかった。

しかし退位の決め手は、大公に脅され王太子に毒を盛っていたリリーの存在だ。

品行方正で名高かったリリーが、脅迫される原因となった水害と食料難。

あの時、食料が逼迫している地域よりも、国王と懇意にしている貴族の領地へと優先的に食料が回されていたことが決定打になった。

もしも逼迫度に合わせて食料をまわしていたら、リリーの住むザンバスがそこまで苦しむことはなかっただろう。

ヨハネスが調べて暴いたそれがきっかけで、リリーの減刑が認められたと同時に、国王の退位も決まったのだった。

「誠実な者も甘い汁を吸っていた者も、どちらも王家への不満と不信を持つことになった。……しばらくは混乱するだろう。当時何の権限もなかったとはいえ、こんなことが行われていたと知らなかった半人前の私では、彼女を悪意の視線から守りきる自信がない」

「そうよね。お前は自分のことさえ守れなかったものね」

「う……」

ヨハネスがうめいて、両手で顔を押さえた。

「…………その、的確に人の弱点を突く才能は何とかならないのかと思っていたが……裏を返せばお前はそれだけ人を見る観察眼と想像力があるのだろう。……伯父上の言うとおり、お前が王位につけば全て丸く収まるかもしれないな」

「絶対に嫌よ」

「言うと思った。まあ私も、お前に王位を任せたら即戦争が起きそうで怖い」

そう言いながら、ヨハネスが手元の紅茶を一口飲む。

「……父上は、お前と違って人の痛みや苦しみにひどく鈍感で、気づかない種類の人間だ」

そう続け、「そしてそれは私も同じだ」と自嘲気味に笑った。

「……心から愛していた女性の苦しみにも気づけなかった。こんな私では、そもそも彼女の夫には相応しくない」

「お前、いくら事情があろうと自分を殺そうとした女への過大評価が過ぎるのではなくて?」

少し呆れた。

もしも自分が同じことをされたら、どんな事情があろうと地獄を見せなければ気がすまない。

リリーに心酔するようかけられていた魔術を解かれてもなお、ヨハネスはリリーを心から愛しているらしい。そもそもそこまで心を許していなければ、ヨハネスは女性からの贈り物は——菓子も含めて、受け取ることはなかっただろうが。

しかしそのことを、あの女が知ることは生涯ないのだろう。

「そういえば、昔からお前は女の趣味が悪かったわね」

ふう、とヴァイオレットがため息を吐いた。

「きっとこれからもあんな風に、清純の皮をかぶった虎のような女に騙されるのでしょうね」

「見た目も中身も虎のような女に言われたくないが」

忌々しそうにそう言ったあと、ヨハネスは一瞬沈黙をし、逡巡の末に口を開いた。

「…………悪かった、ヴァイオレット」

眉を寄せて訝しむヴァイオレットに、ヨハネスが静かに口を開く。

「私とお前の距離が開く前、お前に蜂蜜を贈ったろう。風邪をひいたお前が、喉が痛くて何も食べたくないと癇癪を起こしていたと聞き、思いついたのが蜂蜜だった。全てを知った今、伏せっていたお前に酷なことをしたと思っている」

「……」

「それなのにあの時、大人気なく怒り、お前を避けてしまった。……悪かった、ヴァイオレット」

そう真剣に謝るヨハネスに、ヴァイオレットは眉を顰めて「私も少しは悪かったわよ」と言った。

世話の焼ける兄のような男。彼がヴァイオレットの世話をそれとなく焼いてくれていたことは、知っている。

「想像力が自分に足りないと気づいただけで、お前も少しは進歩したのではなくて」

「ヴァイオレット……」

「まあ、王になってもお前はぼんくらなのでしょうけれど」

――でもまた死にかけたら、助けてやってもいいわよ。

そう言うと、ヨハネスが「ありがとう」とふっと笑った。

「ヴァイオレット」

部屋から出ると、クロードに声をかけられた。

「クロード。お前、今日は非番なのではなかったの？　……ああ」

正装姿に豪華な花束を持ったクロードを見て、おおよそを察したヴァイオレットの唇が弧を描く。

面白いものを見つけてしまった。

「……クロード。殿下があのようにお心を痛めておられるというのに、お前という人間は。少しは主人の傷心にも配慮するべきではないの？」

「ぐ……俺もそれは、散々悩んだ。時期尚早だとも思う。しかしこれは殿下からの提案でもあるし……それに、君もソフィアの噂は知っているだろう？」

「もちろん。早く手を打たないと、一刻の猶予もないと思うわ。あの娘、押しに弱そうだもの」

「やはりか……！」

クロードが頭を抱える。そんなクロードに「まあ良いじゃない」と微笑んでやった。

「うまくいかなかったその時は、仕方がないからこの私が結婚してあげてもよくてよ」

もちろん、そんなおぞましいことはしない。

ようやく婚約者候補からこの男が外れてくれたと言うのに、流石に嫌がらせのためにこの男と姓を共にする気はなかった。

「ソフィアはきっと笑顔で祝ってくれるでしょうね。『わあ、ヴァイオレットさまとクロードさまもご結婚ですか……!? おめでとうございます！ なんだか嬉しいですね……！』と」

「やめてくれ……想像ができすぎる……」

うめくクロードを見て、とりあえず今はこのくらいで止めてやることにした。

どうせこのあと、からかいのネタがたくさんできるはずだ。

「冗談よ。さあ、行きましょうか。今日だけは一緒に歩くことを許してあげるわ」

「君は絶対に来ないでほしいのだが」

クロードの言葉はさくっと無視して、ヴァイオレットは歩を進めた。

ありったけの花吹雪

「ソフィアさん、頑張ってるねえ。もう十時間も机に向かってるじゃないか」

まるまるふくふくとした姿の薬師長が、ひたすらカリカリとペンを走らせる私に声をかけた。

「あ、薬師長……」

「今日は約束があるんだろう？ きりも良さそうだし、そろそろ帰る準備をしたらどうかな」

言われて初めて時間を思いだした私は、壁にかかった時計を見て「わ」と驚く。

「もうこんな時間！ わわ、急がなくちゃ……」

慌てて片付けを始める。新しいカプセル作りがうまくいったので、論文を書いている間に思いついたものを紙に書きつけて……としていたら、いつの間にか時が過ぎていた。

ここに勤め始めてからというもの、毎日がとても充実していて時間が過ぎるのがあっという間だ。

そう。なんと、私は今王宮薬師になっていた。

カプセルを作ったことと、魔術隠しの薬を無効化する薬を作った功績を認められたからだ。

ちなみに大公が魔術を使って公爵夫人を殺し、殿下を殺そうとしたことは、魔術師への偏見の助長に繋がりかねないとして伏せられ、毒殺ということにされている。

そのため対外的には私の功績は、発見されていない毒物の解毒薬や、原価がほぼゼロの栄養剤を作ったこととされているらしい。

とにかく。その功績が認めてもらえたおかげで、私は毎日とっても幸せだった。

王宮薬師。日がな一日お薬作りをしてお金をもらえる、とっても素晴らしい職……！

「何変な顔してんの、ソフィア。また甘いものでも食べてんの？　それとも新種の草を見つけた？」

しみじみと幸せを噛み締めている私に声をかけたのは、同僚のスヴェンだ。

短い赤毛に、はしばみ色の瞳。揶揄うような視線を向けながら、彼はまた口を開く。

「食いしん坊の草オタクだもんな」

「ち、ちが……これは、日常の幸せに感謝をしていただけで……」

「浪費家悪女様が、ずいぶん小さな幸せを噛み締めていることで」

「浪費家悪女……」

何も言い返せずにいると、「冗談だよ」と笑ったスヴェンが私の手のひらに飴玉を乗せた。

「わあ！　あ、飴だ！　ありがとう……！」

「飴玉ひとつでそこまで喜ぶなよ」

そう笑うスヴェンは、口は悪いけれど、こうして色々と気にかけてくれる。

入れ替わり魔術のことは公表されたけれど、そんな奇術があるわけないと信じてない人も多い。ゆえに悪女と称される私は何人かに軽蔑の目を向けられていたけれど、ここにいる大体の人が割と人に興味がないし、スヴェンや薬師長のように優しくしてくれる人もいる。

やっぱりここは天国だ。

それに……何より、寮があるのがありがたい。

そう思いながら、私はオルコット伯爵家の惨状を思い出した。

まず、お義母さまは私の薬を何とかして売るよう使用人に命じていたことが、調査で判明した。

その罰としてお義母さまは貴族籍から除籍となり、数年投獄されることになった。

そして、お父さま。

彼は今、お義母さまが犯罪を犯した後始末に追われている。

おまけにオルコット伯爵家はヴァイオレットさまの散財により財政が火の車で、一気に老け込んだのだそうだ。

ヴァイオレットさまには、早く父親に仕返しをなさいと怒られたけれど、もう充分仕返しされていると思う。

そう言うと彼女は眉を顰めたが、仕方ないというようにため息を吐いた。

「まあ、お前がそう言うのなら……私が勝手にとどめをさすわけにはいかないわよね」

そう言う彼女は、破綻しないギリギリを見極めて日々じわじわじわじわオルコット家を追い詰めているらしい。

それを聞き、むしろ引導を渡してあげるのが優しさかもしれないな……と、私は思い始めている。

それからジュリア。彼女は今、ヴァイオレットさまの侍女として働いているらしい。

ヴァイオレットさまが『子どもには優しくしなければね』と持ちかけた提案のようだけれど、風の噂で聞いたところによると、刺繍三百枚と負けず劣らずの仕事が日々課せられているようだ。一番大変かもしれない。

そして家族といえば……お祖父さま。彼にはお礼と、王宮薬師になったことを報告した。大量の本と、「何かあったら薬師として相談に乗る」という返事が届いた。

それを薬師長に言うと、目を見開いて仰天していた。たとえ孫にもそんな優しさを示す人ではないと思ってた……と言う彼は、昔お祖父さまの下で大変苦労したらしい。

「彼にも孫を思う気持ちがあったんだなあ……確かにあの方、なんだかんだで奥さんのことが大好きだったからなあ……」

そう遠い目をする彼に、男の人が女性に対して持つ気持ちは重いのだなあ……と、大公や殿下のことを思い出して、私は少ししんみりとした。

「クロードさま！　お待たせしてすみま……あ！　ヴァイオレットさまもご一緒だったんですね！」

待ち合わせの場所につくと、なぜか正装で花束を持った微妙な表情のクロードさまと、珍しく笑顔のヴァイオレットさまがそこに立っていた。

「ねえソフィア。お前最近、あらゆる令息から求婚されているそうね」

「えっ、あ、まあ……そうですね……」

一気に現実に引き戻されて、暗い気持ちになった。

そう。王宮薬師というのはモテてしまうのか、私の元にはひっきりなしに釣書が届いている。

私がアーバスノットの血を引いていることや、思ったよりも悪女じゃない、という噂が広まっていることも原因のようだ。

「しかも求婚相手は皆、容姿家柄共に申し分のない者ばかりなのでしょう？」

「そうなんです……だから困っていて……」

どんよりとしたため息を吐く。

「王宮薬師になったばかりなので仕事に集中したいのですが、どなたかの妻になったらそんなことばかり言っていられないですし、しかし断るのも恐れ多い方々ばかりで……」

そろそろ、仕事を続けても良いと言ってくれる人と結婚しようかと思っています。

私がそう言うと、クロードさまが真剣な眼差しで私の名を呼び、手に持っていた花束を私に差し出した。

「俺は、薬作りをする君をとても好ましいと思っている」

「えっ？　あ、ありがとうございます」

急に花を渡されて慰められた。

――世の中には、お仕事を許してくれる男もいるよ、ということかしら。

頭の中をはてなマークでいっぱいにしていると、クロードさまが真剣な顔で言葉を続ける。

「俺は侯爵家の出だが、次男で、騎士だ。妻としての役割は少ない、いや、無くす。君が好きなだけ仕事に専念できる環境を整えよう。生活には不自由させないし、誠実なことには自信がある」

「石頭だけどね」

「ヴァイオレット、黙っていてくれ。――それに、君の好きなものは熟知している自信がある。はちみつでもチョコレートでも薬草でも、毎日君に贈ると約束しよう。――だから、」

「⁉　クッ、クロードさま⁉」

急にクロードさまが跪き、私の手を握った。

「どうか俺との結婚を、考えてくれないだろうか」

真剣にそう言うクロードさまに、思わず息を呑む。

胸の中に広がったのは驚きと――感動だった。

とても優しい方だと思っていたけれど、ここまでとは。

「ありがとうございます、クロードさま。そこまで私のことを考えてくださるなんて……本当に優しいですね……！」

「！　じゃ、じゃあ……」

「まさか私が結婚したくないことを知って、偽装結婚まで提案してくださるなんて……！」

クロードさまがぴしりと固まった。動揺されているようだ。

もしかして世間知らずの私には、同情心を見抜けないと思っていたのかもしれない。

しかし王宮薬師になって、少しずつ世間の噂が耳に入るようになってきた私は、彼の女性人気の高さを知るようになった。

特にヴァイオレットさまの婚約者候補でなくなってからは、あらゆる女性から求婚の申し込みが殺到しているらしい。家柄も容姿も教養も申し分のない方ばかりだそうだ。

クロードさまのように見た目も心も美しく、仕事熱心な方なら当然だと思う。どんな方も、クロードさまに夢中になるだろう。

そんなクロードさまと、私が釣り合うわけがない。

投獄されるまであまり楽しい人生を送っていなかった私を、クロードさまは不憫に思ってくれていた。だからこそご自分の身を犠牲にしてでも、私を助けようとしてくれたのだろう。

嬉しいけれど、そこまで心配をかけていたなんて情けなくて、私は自分に活を入れた。

「ここまで心配させてしまっていたなんて……すみません。でもおかげで勇気が出てきました。考えてみれば縁談を断って困る生家も没落同然ですし、勇気を出してお断りしてみます」

「いや、ソフィア、俺は……」

「本当にありがとうございます、クロードさま……！　でもいつも守っていただいてばかりですから、これからは対等なお友達として仲良くしていただけるよう、私も頑張りますね……！」

「トモダチ……」

「あ、すみません……。失礼でしたでしょうか」

私がそう言うと、クロードさまは「いや……そんなことはない……友達、良い関係だよな……」と微笑んだ。

横でヴァイオレットさまが、とても嬉しそうに笑っている。

「ふっ、ふふ……よかったわね、クロード。ソフィアは結婚はしないそうだし、仲良くなれたのね。お友達として」

「……ああ、そうだな。そうだが……」

「ふふ。一生お友達として、仲良くできたらいいわね」

何やらばちばちと笑顔で威嚇しあう二人を見つつ、私は今言われた言葉を反芻していた。

結婚は、嫌だと思っていたけれど。

もしもクロードさまの言葉が同情ではなくて、本当にそう思ってくださっていたとしたら、嫌ではないし、むしろ……それは、少し嬉しい、のだけど。

なぜか急に熱くなった頰を手で扇いでいると、ヴァイオレットさまが「本当に良い気分」と笑った。

「お前の門出とクロードとの末永い友情を願って、良いものを見せてあげるわ」

そう言って、ヴァイオレットさまが手をかざす。

どこからともなく風が吹いた。きらきらと輝く紫の花びらが一枚舞った。

あ、と思う間も無く、紫色の花吹雪が空を舞った。

「わあ、きれい……!」

思わず歓声をあげる。道行く人も皆、その美しい花吹雪に見惚れていた。

どんどん花びらが舞い、宙を舞い、空に浮かび上がる。地につくと儚く消えるそれは、夢のように綺麗だった。

どこまでも、花びらが飛んでいく。

空に花が咲き乱れるような光景に、私はただただ、見惚れていた。

了

書き下ろし特別編

祈り

Me ga sametara
Tougoku sareta
Akujo datta.

ヴァイオレットが六歳の頃のことだ。

『……積極的に敵をつくるのは、感心しないな。ヴァイオレット』

困ったように眉を寄せた大公――伯父がそう言った。

『感情に任せて動けば、本質を見失うことになる』

始まるお説教に、少しばかり顔を顰める。

先日のお茶会で、ヴァイオレットに無礼を働いたディンズケール公爵令息と、その友人たちにした報復の方法が気に入らないらしい。

『だって伯父さま。あの者たちは勝手にこの私の髪に触って、花を飾ろうとしたのです。おまけに無礼なことも言って……！』

思い出すだけで怒りに震える。

ヴァイオレットが花を嫌うことは、社交界中の誰もが知っている。

それを彼らはにやにやと笑いながら『恐ろしい魔術師の癖に、花が怖いなんて』と揶揄ってきたのだ。

そんな弁えのない無礼者に、少しばかり魔術師の恐ろしさと自分の立場を教えこんで、百回ほど『ごめんなさい』を言わせることの何が悪いというのだ。結局六十回を超えたあたりで、全力で走ってきたヨハネスに止められてしまったことが口惜しい。

『私、花なんて大っ嫌い』

ぎゅっと眉根を寄せる。

どんなに美しくとも、どんなに良い香りを漂わせても、容易く一瞬で握り潰される哀れなもの。

そうでなくても枯れていくだけの、その弱さが嫌なのだ。考えるだけで心がざわざわとする。

そんなヴァイオレットに、伯父はどこかがひどく痛むような顔を見せた。

父や、国王である伯父がヴァイオレットに向ける憐れむ表情――ヴァイオレットはこれがひどく嫌いだ――とは違う、どこか影のある表情だった。

「……伯父さま。どこか、痛むのですか？」

初めて見る伯父の表情に違和感を覚えて、そう尋ねる。訝しむヴァイオレットに、伯父は首を振り、いつも通りに穏やかな微笑を浮かべた。

『……いいや。少しだけ残念だなと思ってね』

『残念？』

『君がいつか万人の上に立つ――そうだな、女王になった時、私は花を贈るつもりなんだ。王者に相応しい、君によく似合う花を』

『もしもそんなものを渡したら、いくら伯父さまだって絶対に許さないから！』

憤慨する。どちらにせよ王だなんて面倒そうなものは、ヨハネスがやればいいと思っているが。

『――ああ、そうだな。君はとても怒って、私のことは許さないだろうね』

そう微笑む伯父の顔は、いつものように穏やかだった。そこからすぐにまた穏やかな、だからこそ逃げられないお説教が始まって、うんざりとした気持ちで空を見上げたことを思い出す。

後にも先にも、伯父に違和感を覚えたのは六歳の日の、あの一瞬だけだった。

それはヴァイオレットが彼を盲目的に慕っていたから、だけではない。

彼は隠していたのだ。自身の内に巣くう憎悪を、けして悟られないように注意深く。

それでも気付けなかったそのことを、ヴァイオレットは、一生恥じていくだろう。

◇

見上げても最頂部が見えないほどに高いこの塔は、はるか昔、数百年も前に建てられたものだ。

その古さに反して石造りの塔は、不思議なほどに綺麗で清潔に保たれていた。

騎士に案内され、自身は一度も足を踏み入れたことのない部屋に一歩足を踏み入れる。最後に見た時よりも少し痩せた部屋の主が、ヴァイオレットを見て微かに目を見張った。

彼の驚いている姿を目にしたのは、母の葬儀の時以来だろうか。

「……ヴァイオレット」

「ご機嫌はいかがですか？　伯父様」

かつて彼に習った、感情を悟らせない微笑を浮かべてそう尋ねると、伯父はどこか諦めの滲んだ表情で微笑んだ。

「……よく、私との面会が許されたな」

ヴァイオレットの言葉には答えず、伯父が僅かに視線を落とす。

伯父の言う通り、彼との面会は簡単に叶うようなものではなかった。

この塔は、王族かそれに連なる血筋の罪人が幽閉される場所である。

暗殺防止のため、基本的に外部の人間との接触は禁じられている。投獄された囚人への暗殺もそうだが、囚人が人を使い外の誰かを暗殺する事例が、過去にあったためだ。

以前自分が投獄された時は、その規定は多少ゆるめられていたようだが。

伯父の罪状と、未だ衰えない彼の人気を考えれば、相手が誰であっても面会は難しい。

そのためヴァイオレットはヨハネスを救うために動いてやったことへの功績の報奨として、半ば無理やり面会権を手に入れた。

どうしても、確かめたいことがあったのだ。

ヴァイオレットはスッと目を細めて伯父を見据え、微笑んだまま口を開いた。

「それを言うならば、モーリス・グラハム・ホルトが月に一度ここに訪れることこそ異例ですわね」

「罪人にも神の手は差し伸べられるべきだ、というのが教会の教えだ。――しかし、」

静かな声で伯父が言った。

「『牢に繋がれし者には神の目も届かない』――聖書の一説だ。そのためどんな牢獄にも、神父はやってくる。だが大罪人の魔術師を恐れないのは、モーリスくらいのものだろうからね」

その言葉には一切のよどみがなく、声音にも自嘲の響きはない。

目を細めて伯父を見据えると、彼は「まずは座るといい」と、ヴァイオレットに座るよう促した。

「大したもてなしはできないが、牢獄にも君の好きな紅茶はある」

大公領からついてきたという年配の侍女が、ヴァイオレットと伯父の前に紅茶を差し出した。

一礼をし、心得たようにすぐに部屋から出て行く彼女は、伯父が北の地に居を移した頃からの使用人だ。この塔で働く使用人は——特に投獄される前から仕えてきた人間は——外出も厳しく制限されるというのに、この侍女は最後まで仕えると自ら志願したらしい。

差し出された紅茶は、確かにヴァイオレットが好んでいる茶葉だった。

（——……最後に二人でこの紅茶を飲んだのは、破門を告げられた日だったかしら）

今から三、四年は前だろうか。

あの頃、ヴァイオレットは焦れていた。

どれほど努力しても母を死に至らしめた人物の尻尾さえも掴めず、伯父は母の死の真相を暴くことに『まだ時期ではない』と非協力的だった。

母は病気で亡くなったのだよ、とヴァイオレットを宥めようとする父や、国王——腹芸ができず、少々愚かである——には相談ができない。

このままでは真相にたどり着けない。

そう悟ったヴァイオレットは、決して立ち入ってはいけないと言われていた伯父の書斎に入った。

そこで膨大にあった禁忌魔術の資料を読みこみ、何か捜査に使える魔術はないのかと探っていたが、伯父に見つかってしまった。

珍しく顔色を変え、怒りを露わにした伯父に別室へと連れて行かれ、二度と書斎には入らないように命じられた。

そこで口論となり、禁忌魔術を教えてほしいと譲らないヴァイオレットは破門を言い渡され、それ以来伯父との交流は殆ど消えてしまっていたのだ。

――あの時伯父は、『君を守るためだ』と、言っていたのだったか。

『時期がくれば、その手で犯人を見つけ、報いを受けさせることができる』とも。

（――笑わせてくれるわ）

そうは思いつつも、ヴァイオレットは静かに口を開いた。

「……この部屋には、花がありませんのね」

大公領にも、ソフィア・オルコットが誘拐されていたあの隠れ家にも、伯父がいる場所には常に花が咲いていた。

花嫌いのヴァイオレットのために、彼女が訪れる部屋には花を思わせるものは置かなかったが、伯父が花を絶やさず、大切に育てていることは知っていた。

この塔では贅沢は許されないが、花の一つや二つを飾るくらいの自由はあるだろう。

ヴァイオレットの言葉に少し驚いた顔をした伯父は、一瞬の間を置いて「ああ」と言った。

「……この場所に花を飾っても、意味がない」

何の感情も感じられない静かな口調で言う彼に、「そうですか」と呟く。

彼の告白を聞いてから薄々察していたが、やはりあの花々は慰霊だったのだろう。

そして今、神の目も届かない場所に妻子の目が届くわけがないと、彼は本気で思っている。

(――もしも、死後の世界というものが、本当にあるのなら)

紅茶に目を落としながら、静かに思う。

(投獄される前の伯父様の姿を、あなたの妻子はどんな思いで見つめていたのでしょうね)

手に持っていたカップを静かに置き、ヴァイオレットは口を開いた。

「……あなたの話は、不可思議なことだらけでしたわ」

ヴァイオレットの視線を受け止めて、伯父が片眉を上げる。

「陛下――ラッセル伯父様は、確かに人の心の機微に疎く、自己保身の強い人。先代――いえ、先々代の国王が仕込んだと言う毒に気付かないことも、己のために毒を誰かに飲ませることも、有り得るでしょうね」

「……」

伯父の目に憎しみの色が灯る。その色を静かに見つめながら、ヴァイオレットは再び口を開いた。

「しかし私の母は、そんなことに気付かないような人ではなかった」

ヴァイオレットの母は控えめではあるものの、周りをよく見る能力に長けた、才知に優れた女性だった。

「……それのどこが、不可思議なのだろうか」

何の感情も感じられない――だからこそ傷の深さが窺い知れる声で、伯父が言った。

「気付いたからこそ渡したのだろう。私の妻を騙し、子を殺す毒薬を。将来起こり得る王位継承の争いを危惧したのか、父の機嫌を取るためか、オリヴィアも私を疎んじていたのかは知らないが」

「伯父様は、本当に愚かですのね」

「……」

苦笑するヴァイオレットに、伯父が厳しい顔で眉を上げた。

不快というよりは、ヴァイオレットの言葉の意図がわからずにいるようだった。

「将来の王位継承の争いを本当に危惧していたのなら、子ができる前に対処したでしょう？　世の中には、様々な方法があるのですから」

例えば我が国では、婚姻関係にない男女の子どもは、聖書の教えにより夫婦の子として認められない。

真実危惧していたというのなら、伯父の結婚を認めないよう、父王に働きかければよかったのだ。

それなら子が生まれたとしても王位継承権はおろか、爵位を継ぐことさえできないのだから。

それに自覚なく子を宿せない体に変えてしまう毒物も存在している。

そんなものを使うのは悪趣味だが、既に宿った子どもを殺すより幾分マシではあるだろう。

「ならばそれ以外の理由なのだろう」

吐き捨てるかのように伯父が言う。

ヴァイオレットは伯父を見据えながら、「いいえ」と言った。

「伯父様。あなたは本当に私の母が、『父王の機嫌を取るため』、『疎んじていた兄への嫌がらせ』というくだらない理由で伯父様の子を殺す手助けをするような、愚かな女だとお思いですか？　万の大軍を薙ぎ払う力を持った、稀代の魔術師を相手に？　あなたの妻が一言『あなたの父からお茶をもらった』と言うだけですべてが発覚してしまう、お粗末なことを」

「……！」

ヴァイオレットの言葉に見開かれた目が、戸惑うように揺れている。

少なくともヴァイオレットが母ならば、決してしない。

全てを蹂躙できる力を持ちながらも、父親からの命を聞いて不毛の地へと引きこもった、そんな情けなくも無害な男の心の綱を断ち切ることは。

「……伯父様。あなたの父はお茶に毒物を入れてはいなかったと、私は確信していますわ。——愛情や気遣いというものでは、ないかもしれませんが」

伯父の父は、外では優しい父王を演じていたという。

息子夫婦が懐妊したという話を聞きつけた誰かに、紅茶が飲めない妊婦にぴったりのお茶があると勧められれば、体面を保つため快く取り寄せるだろう。

「それは……いや、そんなはずがない……」

ヴァイオレットの言葉を否定しながらも、伯父の手は震えていた。頭も強く痛むのか、伯父らしくもなく顔を歪めて、頭を押さえている。

そんな彼の様子を見つめながら、ヴァイオレットは尋ねた。

「あなたは父王の葬儀の後に『真実』を知ったと言った。ラッセル伯父様は匿名の手紙で告発されたと言っていましたが——、あなたは一体その真実を、どうやって知ったのですか？」

答えは求めていなかった。おそらくは、答えられないだろう。

ヴァイオレットの予想通りに、伯父は顔を歪めながら、ただ愕然としていた。

「『感情に任せて動けば、本質を見失うことになる』――あなたの教えは、確かに正しかった」

色々な意味を込めて、ヴァイオレットは言った。

復讐相手を見誤り、無関係の人間を――ただ祝いにきただけの妹を殺めた事実は、彼の心を徹底的に砕くことになるだろう。

ずっと思い出さないようにしていた母の姿と、伯父の書斎の膨大な書物を思い出しながら、目の前の伯父を見つめた。

誰よりも優秀で、悲しいほどに愚かな男だ。

しかしヴァイオレットはこの伯父を確かに尊敬し、心から慕っていた。母と同じくらい強く。

与えられた無礼や痛みは、倍にして返さなければならない。

一度として動くことのなかったその信念が、初めて揺らぐほどに。

「……そう教えてもらったことだけは、あなたに感謝したいと思いますわ」

もう二度と会うことはないだろう。

すっかり冷めてしまった紅茶を一瞥し、ヴァイオレットは席を立った。

「ま――待て！　ヴァイオレット」

伯父がハッと我に返り、ヴァイオレットを呼び止めた。

「君は……君は一体、何をするつもりだ」

今にも崩れ落ちそうな蒼白な顔を歪めて、伯父が言う。

「……ねえ、伯父様。モーリスは、果たして誰の犬なのかしら？」

微かに首を傾げてそう言うと、伯父は虚をつかれたような顔をした。動揺し困惑しているその顔には、何の疑問も浮かんでいない。

その様子を眺めて、ヴァイオレットはほぼ確信していた自身の予想が、当たっていることを知る。

（――まあ、モーリス自身も、自分が犬だとは到底思ってはいないでしょうけれど）

そんなことを思いながら、唇の端を持ち上げる。

「わからないのならば、結構ですわ」

「ヴァ、――ヴァイオレット、待ってくれ、君は、」

「いいえ、待ちませんわ。言ったでしょう。今後はもう何一つ、あなたの思い通りにならないと」

最後に一度伯父を見据えて、ヴァイオレットは微笑んだ。

「――私は、私から母と師を奪ったあなたと、あなたを陥れた犯人を決して許さない」

絶句し青ざめた伯父が、「ヴァイオレット」と、震える声で名を呼んだ。

おそらく伯父にとってヴァイオレットは、憎くもあり愛しくもある、忌々しい存在だった。

だけど彼がヴァイオレットを、誰にも踏みにじられない地位に押し上げて、守ろうとしていたことは知っていた。

生きて生まれなかった彼の子を、自分に重ねていたのかもしれない。

「それでは伯父様、さようなら」

微笑んで、優雅に礼を執る。

「――あなたの弟子だった者として、やすやすと殺されたりしないことだけは誓いましょう」

◇

ヴァイオレットが出て行ったあと、クロムウェルは震える両手で顔を覆った。

信じられない、信じてたまるものか。

そう思うのに、ヴァイオレットの言葉は正しいだろうと、僅かな理性が叫んでいる。

父はクロムウェルを疎んでいた。嫌っていた。恐れていた。口では散々罵倒されたが、決して手を上げることはなかった。

――私を、恐れていたから。

あの臆病者がクロムウェルの子を害そうとするならば、確かにあのような、すぐに知られるような行動は起こさないだろう。

――どうして私は、間違えた？　どうして見抜けなかった？

どうして一度たりとも、冷静になれなかった……！

テーブルに拳を叩きつける。

まざまざと突き付けられた、自身の愚かさと罪に息ができない。

クロムウェルは妹を、侍女を殺し、甥の命を狙い、領地を思う少女を脅し、苦しめた。

そして自分を慕い、信じていた少女を裏切った。

もしも己の命と引き換えに時間を戻せるのなら、自分は間違いなく時間を戻すのに。

そこまで考えた瞬間、先ほどから襲う頭痛が更にズキズキと強くなり、吐き気に呻いた。

『一体その真実を、どうやって知ったのですか？』

――あの時、父から妻へ茶が贈られたのだと、そう言った人物がいた。

どこでだったか。誰だったか。

考えると、頭の痛みが更に増す。

それでも懸命に思い出そうとするが、その人物は薄もやに包まれて、考えれば考えるほど遠のいた。

――これではまるで、魔術のようだ。

自分に魔術をかけられるような人間など、この世界のどこにも存在しないだろうに。

しかし今まで感じたことのない不安が、頭痛と同じ質量でクロムウェルの胸に立ち込めた。

「ヴァイオレット……」

もう一度、名前を呼ぶ。

何故か思い出すのは、生まれたばかりの彼女の姿だ。

愛せるはずもないその子の誕生を、氷を抱くような気持ちで聞いた。誰にも悟られないように内に隠して凝った憎悪を更に隠し、微笑みながら姪の誕生を寿いだ。

「お兄様。――どうか、この子を抱いてくださいませんか」

オリヴィアにそう言われ、仕方なく抱き上げた赤子の――恐ろしいほどの軽さに驚いた。それから同時に、強い魔力を持っていることにも。

――それではお前も、不幸になるのか。私のように。

そんな戸惑いが生まれ、赤子に目を落とす。すると恐れを知らずに眠っていた赤子が一瞬ぱちりと目を開けて、柔らかく――笑ったのだった。

あの時こみ上げた感情は、言葉にするなら祈りだろうか。

自分が味わった悲しみや苦しみが、決してこの子に近づいてくれるなと。

「――私は、愚かだ……」

きっと彼女は宣言通り、犯人を捜すだろう。そして見つけ出して、しまうだろう。

あの苛烈で誇り高い娘は、いつしか簡単に命を落としてしまう気がする。

「――エヴィ。どうかあの子を、守ってくれ……」

亡き妻の名前を呟き、彼女に祈った。

全てを見誤ったクロムウェルは、今はここで祈ることしかできない。

神にさえも見放された、この牢獄の中で、ただ一人。

書き下ろし特別編

悪女の恩返し

Me ga sametara
Tougoku sareta
Akujo datta.

それは王宮薬師になって一月が経った、あるお休みの日のことだ。

何故かヴァイオレットさまに呼び出され、訪れたエルフォード公爵邸で、私は歓声をあげていた。

「ヴァ、ヴァ、ヴァイオレットさま、これは……⁉」

気品のある美しい侍女たちが、次々とテーブルにお菓子を並べていく。

みずみずしく輝くフルーツが贅沢に乗せられた小さなケーキや、罪深いほどにたっぷりと粉砂糖がかけられたシュークリームに、食欲をそそるカラメルが可愛らしい、カスタードプリン。

その他にも私には名前もわからないような見目麗しく美味しそうなお菓子たちが、広いテーブルの端から端まで、どんどん並べられていくのだ。

「好きなだけ食べなさい」

ヴァイオレットさまが微笑みながら、天使なのか悪魔なのか判別がつかないことを言う。

「お前には、まあ世話になったわね。そのお礼も含めて用意させたのよ」

「？　お礼も含めて……？」

笑顔の圧と、含みのある言い方に引っ掛かりを感じる。

違和感に首を傾げると、ヴァイオレットさまが「お前のために用意させたのだけれど」と仔猫のように美しい目を細めた。

「気に食わないというのならば仕方がないわね。この菓子を作った料理長に責任を……」

「気に入りました！」

瞬時に席に座り、フォークを取る。

罪のない料理長を地獄に落とすわけにはいかない。特にこんなに美しく美味しそうなお菓子を作る方なのだ。全力でお守りするのが食べる者の義務だと思う。

それでいいのよ、と言わんばかりに微笑むヴァイオレットさまを目にしながら、まずはケーキにフォークを入れた。ふわりとした淡い黄色のスポンジに、鮮やかな黄緑色のマスカットが柔らかく映えて、食べる前から美味しさが伝わってくる。

一口食べると、贅沢なみずみずしさと優しい甘さが口の中に広がった。

美味しいのはわかっていた。わかっていたけれど。

――こんな、こんな状況下でもとてつもなく美味しいなんて、奇跡なのでは……？

こぶしを握り締める。

ただ座っているだけで圧のあるヴァイオレットさまと、指先にまで緊張をみなぎらせた侍女たちの視線を浴びながら食べるお菓子なんて、普通は味がしないものだ。

塔の中の料理長はお料理の天才だと思っていたけれど、エルフォード公爵邸の料理長はお菓子作りの天才らしい。

毎日こんなに素敵なものを食べられるヴァイオレットさまが羨ましい。けれども、こんなに凄腕の料理長がいるのに瞬時に体型が戻っているヴァイオレットさま、すごすぎるのでは……。

思わず尊敬の目を向けてしまう。

そんな私の目線はさっくりと無視をして、ヴァイオレットさまは珍しく微笑みを浮かべつつ、口を開いた。

「最近、仕事はどうなの？　仲の良い人間はできた？」

「お仕事はとても楽しいです！　それと、仲の良い人間、ですか……」

仲が良いとは……つまり、友人ということだろうか。

薬師長の姿がぽわんと浮かんで、首を振る。

確かに私が一番おしゃべりをする人間は、間違いなく薬師長だけれど。

「一番よくお話するのは薬師長ですが、そうですね……スヴェンという同僚が気にかけてくれて、よく話しているような……？」

「何故疑問形なのよ」

「恥ずかしながら、私は友人や仲の良い、という単語に馴染みがなくて……」

ちょっと呆れた顔のヴァイオレットさまに、ちょっとだけ恥ずかしくなりつつ答えた。


そう。私には、友人がいないのだった。オルコット伯爵邸にいた時は『引きこもり』という大義名分があったけれど、引きこもりを脱却した今も友達はゼロである。

友人というものは、共通点があると成立しやすいらしい。

しかし大きな共通点である『薬作りが好きな薬師』がたくさん集まる場所でただ一人の友人もできていないのは、改めて考えると十六歳の女性としては少々どうなのだろう、と思ってしまう。

まあ別に、困ってはないのだけれど……。

そう思いながら、シュークリームを食べて頬をゆるめる。基本的に私は薬作りができてお菓子が食べられれば、それで幸せなのだ。

そう考えると、今私が幸せなのはヴァイオレットさまのおかげと言えるだろう。こんなに素敵なお礼を遠慮なく食べているのになんなのだけれど、私の方がお礼をしなくちゃいけないかもしれない。

私がそんなことを思っていると、ヴァイオレットさまが「お菓子は気に入ったようね」と言った。

「はい、もちろんです！　どれを食べても美味しくて――」

「そう。なら、帰りに手土産も持っていきなさい。お前の同僚たちも食べられるよう、人数分用意させるわ」

びっくりして、我が耳を疑った。けれど空耳ではないようで、控えていた侍女の数人が「すぐに用意致します」とびっくりするほど俊敏に動き出す。

て、手土産まで……⁉　しかも、王宮薬師のみんなにも……⁉

なんという大サービス、と目を見開いた私は大喜びしかけて――ハッと、我に返った。

ヴァイオレットさまが、優しすぎる。

これではまるで天使ではないか。ふつふつと、胸に不安が広がっていく。

塔にいる間、私はクロードさまからヴァイオレットさまの人となりを少しだけ聞いていた。

クロードさま曰く、ヴァイオレットさまは無意味な親切と借りをつくることが大嫌いで、その行動には大抵裏があるのだと。

彼女の親切は大抵地獄への片道切符だ、と言うクロードさまの目は本気だった。

お菓子が燦然と輝くテーブルに目を落とす。

入れ替わりに投獄されたことや薬を作ったことには、到底見合わない親切だ。

そういえばそもそもヴァイオレットさまは、入れ替わった詫びとしてオルコット伯爵邸を整えてあげたのよと言っていたのだ。

『お前に選ばせてあげる』

お義母さまが捕まる前、ヴァイオレットさまは夕食のメニューを聞くような気軽さで、私に尋ねたのだ。

『お前の父と後妻を、罪人に落とす？　それとも飢えと屈辱を味わう生活を、十三年――いえ、二十六年程度は送らせる？　私のおすすめは決して歯向かえない奴隷として、生涯こき使うのが良いと思うのだけれど』

そういうヴァイオレットさまは、とても良い笑顔だった。恐ろしい人だ。

思い出して身震いをしつつ、やっぱり入れ替わりの借りは、全て返されていると改めて思う。

これは……もしかしてやはり、何か裏があるのでは……？

失礼ながら思わず疑心暗鬼になっていると、ヴァイオレットさまが微笑みながら口を開いた。

「私は、お前を見直したのよ」

「え？」

「あの状況下にあって、伯父様を怯ませることができたでしょう？」

「あ、そうですね、ただあれはビタビタの実のおかげで……」

「それでもよ。あの伯父様を物理的に追い詰められた人間は、私以外にはお前だけだわ。薬師の才に加えて、その鈍感ゆえの胆力と、ギリギリのところで生き延びられそうなそのタフさ。なかなか得難い能力だと、褒めてやってもいいわ」

「そ、そうですか…？」

「ええ。能力に敬意を払うのは当然のことよ。きちんと労わなくてはね」

「そ、そうですか……ありがとうございます……」

まっすぐに褒められて、思わず照れてしまう。

地獄への片道切符になるかもと失礼な疑いをしてしまったけれど、どうやら今回のこれは違うらしい。

疑ってしまって申し訳なかったな、と内心で思う私に、ヴァイオレットさまが目を細めて微笑んだ。

「何かあった時は、お前に相談するかもしれないけれど。その時はよろしくね」

「は、はい！」

命令ではなく、相談なら大丈夫だろう。私にされるような相談などおそらく薬くらいなので、そんな相談ならいつでも大歓迎だ。つくづく薬師でよかったと思う。

それから少しだけお菓子を食べ、満腹になった私は山ほどのお土産を抱えながら、ヴァイオレットさまに何度もお礼を言った。

ヴァイオレットさまは「いいのよ」と、少しだけ悪い雰囲気の漂う微笑みを浮かべた。

「今日はお礼も兼ねていたし。——ふふ、お前に甘いものを食べさせたと知ったら、とても悔しがる者がいるの」

「私が甘いものを食べると悔しがる方……？」

ジュリアだろうか……？


その謎の人物に思いを馳せつつ、寮に帰った私はみんなにお土産のお菓子を渡した。

「ヴァイオレットさまから頂いて……」

そう言って手渡すと、皆恐ろしいものを見るかのような視線でお菓子と私を眺めて。

それからしばらくの間、何故か私は「ソフィア様」と呼ばれ、常に敬語を使われるという、とても寂しい生活を送ったのだった。

あとがき

この度は本作『目が覚めたら投獄された悪女だった』をお手にとっていただき、ありがとうございます。皐月めいと申します。

突然ですが、私は悪女もののお話が大好きです。

善良な心根を持ちつつも諸事情により周りから悪女と誤解されている、そんな悪女ではない悪女も大好きですし、知性ある女性がその聡明さを邪悪な方向に発揮し、周りを蹴落としては何かしらの目的を達成していく、という清々しいまでの悪女も大好きです。

本作はそんな好きをとにかくぎゅうぎゅうに詰め込みました。

まったく正反対の性格をした、二人の女の子を書くのは本当に楽しかったです。

楽しすぎて筆が乗り、特にヴァイオレットがにこにこと話しているシーンなどは乗り過ぎてしまいました。翌日見直した時に反省し、ややマイルドに訂正する、ということの繰り返しだったような気がします。

マイルドにしたところで……という感じではあるのですが……。

本作は刊行にあたってたくさんの方にお世話になりました。

イラストを担当してくださったたいもいち先生。繊細で美しいイラストをありがとうございました。全登場人物のキャラクターデザインが好きすぎて、眺めるたびに大変なときめきをいただいております。

そして担当編集のY様とF様。大変お世話になりました。毎回感動してしまうくらいの的確なアドバイスに、丁寧で早いお仕事ぶりと、親身なサポートに大変助けていただきました。

また校正さんや営業さん、デザイナーさん。他にも関わってくださった皆様に、心からお礼を申し上げます。

また、本作は橘歩空先生によるコミカライズも連載中です！

ヴァイオレット（中身ソフィア）の食事シーンが本当にかわいくて、『もっと美味しいものをたくさん食べさせてあげたい……』『もっとあたふたと困らせたい……』という相反する気持ちでいっぱいになります。表情の書き分けが本当に神ですので、ぜひこちらも合わせて一緒にお楽しみいただけると嬉しいです。


最後になりますが、のんびり好きなものを書いていこう、と書き始めたこのお話がまさか本になるとは思わず、こうして後書きを書いている今もあまり現実味がありません。一体どんな方に手に取っていただくのだろうと想像しては、そわそわドキドキとしています。

どうか楽しんでいただけますように。

そしてまたお目にかかれることを、心より願っております。

二〇二三年六月　皐月めい

コミカライズ第一話 試し読み

目が覚めたら投獄された悪女だった

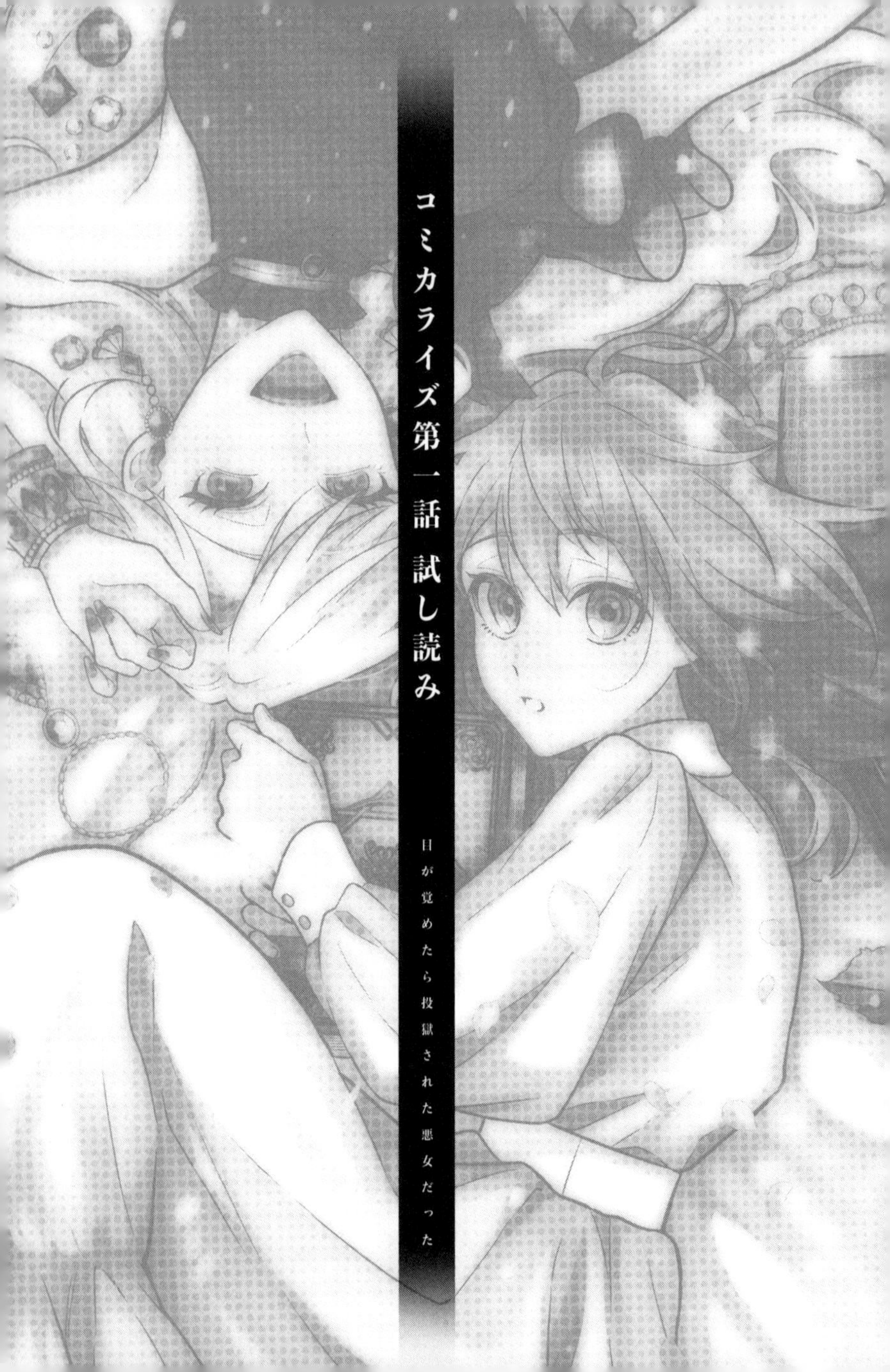

幽閉の塔《とう》
ヴァイオレット・エルフォード公爵令嬢 君を収監する
フワッ…
ガクンッ
ドサッ

目が覚めたら投獄された悪女だった@COMIC
漫画：橘 歩空
原作：皐月めい
キャラクター原案：いもいち

第1話

――………
……？
ここは……？
カッツン
目が覚めたか
カツーンッ

わ…………
絵本に出てくる騎士さまみたい…
きれい…
あぁあの
ここは…？
…往生際が悪いな
とうとう陛下も君を見限られた
殿下の婚約者に無体を働くなど…バカな真似を
王太子直属 第一騎士団長
クロード・ブラッドリー

？？？
殿下…？
その…失礼ですがなんのお話をされているのか…
その安い演技で俺をだませるとでも？
俺は長年君の婚約者の筆頭候補として
君の悪徳を見続けてきた……ゆえに
バサッ
カツカツ
カツ
けして同情はしないだろうと王太子殿下より直々に監視を命じられている
ヒォオオオオオオオ
そしてこの塔は大公が自ら魔封じの術をかけられた

君がいくら魔術に長《た》けていても逃げ出せはしない
ガチャ
罪を認めて諦めることだ
ヴァイオレット・エルフォード公爵令嬢
――え？
バタン
ガチャ!!
……………??
これはいったいどういうことだろう…
ヴァイオレット・エルフォード…？

「噂《うわさ》の悪女」と私じゃ見間違いようがないはず……
まさかとても目がお悪い…？
そ〜
もしくは別のヴァイオレットさん？……………？
？
すっ
……!?!?
バッ!!
………っ
痛い!!
ギュうっ
〜〜〜……っっ
…夢じゃ…ない……？

ソフィア《わたし》じゃ……
ない…………
私――ソフィア・オルコットは
「オルコット伯爵家の恥知らず」と呼ばれている
……らしい
オルコット伯爵家 長女
ソフィア・オルコット

「醜女《しこめ》を理由に16歳になっても社交界デビューをしない」
「家族や使用人に罵声《ばせい》を浴びせ財産を食い潰しかねない浪費を繰り返す」
「屋敷に引きこもって
古今東西の毒物について書かれた怪しげな本を読んでは
恐ろしい薬作りに精を出している」
それが私の噂だった
針小棒大《しんしょうぼうだい》な言われようだ
社交界デビューをしていないのは義母と異母妹に止められているから
浪費はしていないしそもそも伯爵令嬢にふさわしいドレスすら持っていない

罵声を浴びせてもいない
……ただ
チャポ
怪しい薬作りをしてるのはそうかもしれない
…はたから見れば
トントン
お母さまは優秀な薬師だった
私が3歳の時病気で亡くなった
お葬式が終わってすぐにお腹の大きい義母がやってきた
私は家の隅の物置部屋でひとり暮らすことになった
まもなく義母妹が生まれ
私のことを気に掛ける人はいなくなった

お母さまの形見の本と庭で栽培している薬草を使い
ぐつぐつ…
薬作りに精を出す日々
寂しいけれど仕方がない
何かを恨んだところで私の境遇は変わらない
義母がそのうちお金持ちとの縁談をまとめてくれるそうだけれど…
うーん
薬作りを許してくれて毎日食事をくれる人ならいいなぁ……
ぐつぐつ
そう私は自分の人生に諦めをつけた
なんの力もないひきこもりだった

——それが どうして
あっ…あの！
ガタガタガタガタ
床掃除をしたいので… 雑巾をいただきたいのですが……
ガタガタガタガタ
も…申し訳ございません…！
どうして謝罪を!?
捨てる予定の布や毛布はございませんか？
ビクッ!
……!?
お渡しはできません…!!
なぜ土下座を!?

いつもどおり
物置部屋の床で
寝たのに…
目が覚めたら
視線だけで
人を震え上がらせる
公爵令嬢になっていて
そして……
…ヴァイオレット
なぜ床で寝る？
見られた…

牢《ろう》のベッドより床のほうがマシだという嫌味か？
いいえ！とんでもない！大変快適です!!
ただ…その…
物置での生活
壊れそうなベッドの上は薬草と本だらけ
毛布にくるまり床で寝る
(快適すぎて)落ち着かず…
はっ
ご安心ください！
ぱっ
綺麗《きれい》な雑巾を使って念入りに丁寧に拭《ふ》き掃除をしています
使い古しの毛布もいただいたので恐れながら下に敷《し》いて…
何を言っている？
…………
君の奇行に使用人たちが怯《おび》えている
カッカッカッ…
カタン

これ以上
罪のない使用人を
わけのわからぬ
恐怖にさらす
わけにはいかない
君の食事は
俺が運ぶ
使用人との接点は
持てないものと思え
……あ…あの
ままままさか
これが…
私の食事
というわけが…
ま…
まぶしいっ
あったり
しますか…?
当然
君のぶんだが?
!?!?

君にとっては
食事とは呼べない
ものかもしれないが
たたしかにこれは
食事というか…
ごちそうです…!!
……は?
はっ!
ああの でも
今はお腹がすいて
いないので
残しても
よろしいですか?
……?
好きにしろ
しかし
それ以外に
食事はない
心得て
おります!

待て!!
なぜ食事を
クローゼットに
しまう!?
えっ
その…今食べては
明日まで辛いので
今日のお食事は
もう少しあとに
いただこうかと…
やはり
だめでしょうか…
ソフィア《わたし》の食事は
基本…
日に一度だった
投獄されているなら
だいたい 同じ頻度
なのでは……
それなら
次の食事は
明日のはず
……。

?
…君がこの塔で過ごす3ヶ月間
食事は1日3食
軽食もつく
湯あみは3日に一度だ
宝飾品はその腕輪のみ許されている
必要なものがあれば言え
問題がないか俺が慎重に判断したうえで用意をする
それから神父が日に一度こちらを訪ねる予定だ
君が反省するまで神の教えを説《と》く
少しはマシな倫理観を学ぶといい

そっ…
それが牢獄…!!??
破格の生活に加えて神父さまから直接教義まで教えていただけるなんて…!?
これまでの私の生活のほうがよっぽど——
いい加減にしろ!!

なんなんだ
その演技は!!
バッ!!
君は気に入りの
使用人以外は
罵詈雑言《ばりぞうごん》を浴びせ
運んだ食事が
フルコースで
なければ
「こんなものを
食事と呼ぶのは
お前のような
犬だけよ」
と投げつけ
カシャーンッッ!
神の教えを
「くだらない」
と鼻で
笑うような
人間だろう
ハッ
こんな状況に
感謝などしない!!
絵に
描いたような
悪女…!

はあっ…
…今すぐに
その演技を
やめろ
わかったな
バタンッ!!!
ガチャ!!!
カタン…
…この様子だと
噂は本当なのね
誰よりも美しく
誰よりも——
性根が腐っている
……と噂の悪女

屋敷から一歩も
出たことがない
私ですら知っている
傲慢《ごうまん》で 強欲で
享楽的
凶悪だが美しい
…それが
ヴァイオレット・
エルフォード
公爵令嬢
私はなぜか
姿かたちのみ
彼女になり
この幽閉の塔に
投獄されている
…らしい
殿下の婚約者に
無体を働くなど

……王太子殿下の婚約者に何か失礼をして投獄された…ということよね
おいしい…！
ヴァイオレットさまのことは噂でしか存じ上げないけれど
ファサ…
パンふわふわ…！
自身に非があったとしても…
このような塔に投獄されるとなればきっとお怒りになるのでは
と思う……
もぐもぐ
おいしいお食事…
しあわせ…
――もしかして

投獄がお嫌で
私の体と
入れ替わった…？
そんなことが
できるかどうかは
わからないけれど
彼女が魔術に
長けているのならば
可能性は高いのかも
しれない
……だけど
それなら
どうして
わざわざ私と？

醜女のひきこもりと名高い私を選ぶ理由がわからない
ごちそうさまでした…！
なんにせよ騎士さまに報告を……
入れ替わっているようで…
今度は何を企んでいるんだ君は…？
……………信じてもらえなさそう………
あ～～～……
それに…もし入れ替わりがわかったら
この生活は終わってしまうのではないかしら
この天国から離れたくない…！
家に戻りたいわけではないし…

3ヶ月間は満喫したい…！
やっぱり秘密に…！
…いえそれは人としてダメかしら
信じてもらえない可能性が高いなら一応お伝えして……
キラッ
……ん？
………んん…？
キラッ…
はぁ…
なんなんだあの女は…

幽閉の塔内
執務室
何を企んで
あんな態度を…
実は見た目が
そっくりな別人だと
言われたほうが
まだマシだ
コンコン
入れ
ガチャッ
疲れた顔
してるね
王太子直属 第一騎士団
副団長
ニール・ハーヴィー
どうなの
女帝の様子は
最悪だ
新たな
精神攻撃を
考えついている
あはは
人を呪う
前触れなんじゃ
ないの？
…おもしろがって
いるだろう
え？
もちろん

ジと・・・
もしかして本当に改心したのかもしれないよ？
あの時の彼女…ちょっと異常だったしさ
……たしかに
ガシャン!!
パァアンッ
キャアアアッ
ザワ
ザワ
なんてこと……
お前ごときがこのようなことをして許されると思っているの
ヴァイオレット!!
行動ではあった

王太子殿下 ヨハネスさまに ワインを浴びせ
その婚約者の リリーさまには 頬《ほほ》を叩いて 土下座させる
婚約発表でまさか… 主役のおふたりに あんなことをね
………ヴァイオレットは 自身の悪評は 気にも留めないが
あのように 大衆の面前で 自身の首を 締めるような…
愚《おろ》かな行いは しないはず
さらに 不可解なのは ふたりには接点が ないことだ
そして ヴァイオレットは 問い質しても 答えない

パタンッ
――…なんにせよ
彼女が改心などするわけがない
それは明らかだ
婚約者相手に言うこと？
婚約者候補だ
結婚などするものか
ROYAL FAMILY
KING and QUEEN
Violet.E
Princess
Prince
…しかし どうする
現国王陛下は姪《めい》のヴァイオレットを溺愛している
これ以上騒《さわ》ぎを起こして庇《かば》いきれなくなる前に
身を固めさせ落ち着かせたいと思うはず……
俺と彼女は互いの立場を利用し結婚も
新たな婚約者候補の可能性もごまかしてきたというのに……
……とか思ってそう
まぁ僕も本気で改心したとは思ってないけどさ
…ただ

この塔に入る前に彼女
気を失ったじゃない
医者からは「精神的な負荷による一時的な失神」って診断が出てるんでしょ？
彼女もまだ18歳の女の子だし
現状に対する心細さが態度に出ているのかもよ
――…まさか…

ありえない
塔を前にした彼女は
落ち着きを取り戻しいつもどおりだった
――いや むしろ…
上機嫌だったのだ
そして目が覚めれば別人のようになっていた

…………
──警戒を怠《おこた》るな
彼女は予測できないことを平気でする

…………
カチ、
カシャン！
あ！
やっぱり開いた…
内側にこんな細工が…
……紙？
カサ…
『お前に名誉を与えてあげるわ。
その体を、傷ひとつ付けずに守りなさい』

――オルコット伯爵邸
物置部屋
むく、…
――いやだ
ババッ

野良犬にでも入れ替わってしまったのかしら
続きはWEBにてお楽しみください!
コミックシーモアにて先行配信中!
コロナEXにて順次配信!

クロードとニールの〝いい友人〟感がすきです。お邪魔しました！　作：橘《タチバナ》 歩空《ホダカ》（コミカライズ担当）

「中身はヴァイオレット」

フィア拐される!?

仕組まれた

王太子への脅迫状

誘拐計画

誘拐直後の入れ替わりから
始まる黒幕追跡計画！
稀代の悪女×心優しき薬師令嬢の
痛快・倍返しファンタジー第２弾！

予定!!

中の人
ヴァイオレット

目が覚めたら投獄された悪女だった

2023年7月1日　第1刷発行

著　者　皐月めい

発行者　本田武市

発行所　TOブックス
〒150-0002
東京都渋谷区渋谷三丁目1番1号　PMO渋谷Ⅱ　11階
TEL 0120-933-772(営業フリーダイヤル)
FAX 050-3156-0508

印刷・製本　中央精版印刷株式会社

ISBN978-4-86699-867-1